MOUNTAIN

登自己的山

All This Wild Hope

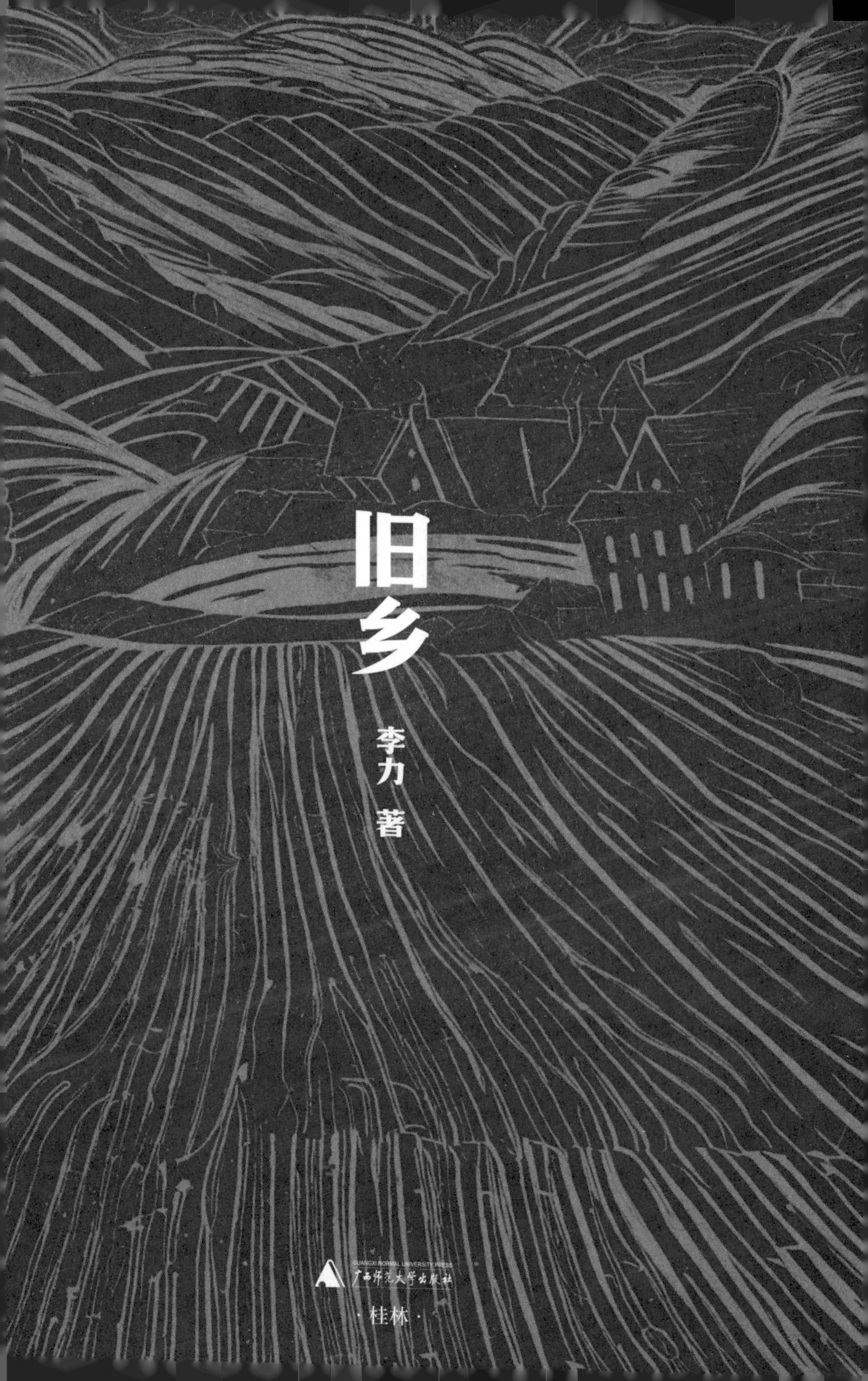

旧乡

李力 著

GUANGXI NORMAL UNIVERSITY PRESS
广西师范大学出版社
·桂林·

图书在版编目(CIP)数据

旧乡 / 李力著. -- 桂林：广西师范大学出版社,
2024.6

ISBN 978-7-5598-6841-1

Ⅰ. ①旧… Ⅱ. ①李… Ⅲ. ①随笔 – 作品集 – 中国 –
当代 Ⅳ. ①I267.1

中国国家版本馆CIP数据核字(2024)第062915号

JIU XIANG
旧乡

作　　者：李　力

责任编辑：谭宇墨凡

内文制作：燕　红

广西师范大学出版社出版发行

广西桂林市五里店路9号　邮政编码：541004
网址：www.bbtpress.com

出 版 人：黄轩庄

全国新华书店经销

发行热线：010-64284815

北京华联印刷有限公司印刷

开本：787mm×1092mm　1/32

印张：8.5　　　字数：114千

2024年6月第1版　2024年6月第1次印刷

定价：52.00元

如发现印装质量问题，影响阅读，请与出版社发行部门联系调换。

代　序

这本书的内容是华北传统农村生活，时代是电力进入乡村之前——20世纪六七十年代。那个小村落成为一件标本，可以照见农业社会的生活风貌，生产劳作方式，人们的心态与认知，以及社群人际关系。

这是一部传统农耕岁月和计划经济时代的村庄生活史。在拥挤、便利、快节奏、高反差的现代都市中，偶然回望那淹没在时光之河里的村落，难免会让人怀念：宁静的田园牧歌生活，淳朴如世外桃源的人际关系。当然，这也像感伤的刻舟求剑，估计少有人真的追求回到那种生活。

但记忆仍有价值。

现代社会里仍然有农业，但变成了用工业方式经营，比如，使用化石能源和电能的机械，使用各种化工肥料、农药，甚至有信息技术和大资本、金融业的参与。这种农业属于现代产业，占用的人力很少，而非全民性的传统生活方式。

现代都市人会有怀旧消费，比如汉服的复兴。如果不了解传统农业生活，理解古典文化难免有隔阂。比如，当陶渊明挂冠归隐，种豆南山下，为何极尽劳苦？又为何写下"虽有荷锄倦，浊酒聊自适"？杜甫到旧友家中做客，"夜雨剪春韭"，伴着暗夜挑灯的幽深春寒，雾雨菜园又飘散着何种令人心醉的气息？农耕的节令时序，倒映着唐诗宋词里的深秋帘幕，小院梧桐，春雨杏花；以及水墨画中的江舟渔父，林下樵叟。对于自然物候的吟咏玩味，是中华古典文化中的超越性审美，联结着人与天地万物，和西方创世宗教的某些心理功能类似。

我曾是个历史学者，在翻读竖排正体的史书时，经常有个疑问：如果失去农耕生活经验，我们能在多大程度上理解先祖？比如，和煦春景杂花满山的另一面，会有"青黄不接"的现实焦虑；细雨飘雪增添了生活乐趣，同时影响春播秋收，温饱生存；想想杜甫的《茅屋为秋风所破歌》，李白的"田家秋作苦，邻女夜春寒"……古典士大夫阶层的雅致文化，家国情怀，也是在这种农耕社会背景下生长出的物质优越感，以及道义价值观。

从这种意义上看，没有电的田园生活，古老的男耕女织、耕读传家，是不是也可以变成沉浸式旅游体验，情境扮演真人秀，或者人文、社会学科的实践学分？

如果离开传统的汉文化圈，关于农业社会的认知也很重要。

当我作为一个背包客游走边远的山林、牧区，和各族农牧民房东都容易沟通，随时能到陌生人家里吃、住，体验他们的生活，变成新朋友。这可能是城市生长的人后天不易补的课程，这里既涉及认知层面，也涉及情感层面。我写的这类游记网文，时有读者评论"有人类学旨趣"。其实我从未想过做人类学研究，只是少年农村生活的经历，让我无师自通就能进入"田野"

生活而已。

在南亚一些边远地区，我见过做"帮扶"项目的西方大学生志愿者，他们有爱心和体能，但与当地老乡很难沟通、共情。一些发展中国家的城市精英，也生长在农村，他们进城求学、工作的历程和本国城市化进程基本同步。作为有类似生命历程的中国人，我觉得跟他们沟通很轻松，互相都能学习到很多，语言的隔阂倒是在其次。

由此看来，刚刚告别农耕传统、进入工业时代的中国人，和同属第三世界的人群交往时，可能比西方人更便于设身处地理解他们，我们知道何时需要先解决温饱，到哪个阶段可以再关注身体"三高"的危害。当然，如果人性缺少规则制约，这种了解也可以导向负面效果——全球化环境里的底层互害欺诈。世界南北两极分化，中国可能正处在中间沟通者的位置上。我曾问过写作《枢纽》的施展教授，他思考的出发点是什么？他说，是关注全球发展问题，中国在西方列强和亚非落后国家之间的枢纽作用。这也启发了我从新的角度去想问题。

我的"五零后"父辈亲历的生活,在"七零后"的我看来,已属遥不可及的历史。这部书稿的写作时间在 21 世纪初,距离此时出版,已近二十年。现在回想,这部书稿写作时的中国,机遇良多,规范尚少,经济增速高,类似"野蛮生长期"。后来我游历南亚时的感观,有些很接近 21 世纪初中国的风貌,父亲写作这个书稿时的场景也犹在眼前,时而和我见到的南亚城乡画面重叠。

如兰亭序所言,后之视今,亦犹今之视昔。所幸留下记忆,可待川原陵谷矣。

李硕

2024 年 5 月 于成都

目录

引　子

刘爷庙是村子名,来源于村边一座庙。庙早已没了,只是偶尔被村里老人提起。

还在前清民国的时候,刘爷庙规模颇大,香火也极盛。方圆几十里的善男信女都来进香,尤其每年的农历三月十五,是传统的刘爷庙会,庙里庙外人山人海,人们施舍的洋布,整匹披在刘爷的塑像上;像前放一大笸箩作功德箱,人们大把、大把地往里扔铜子、洋钱;院内大香炉里堆起的香把子有一人多高,冒出浓浓的香烟,遇有南风,整个刘爷庙村里都能闻到这烧香的气味。庙里还有几十亩好地的庙产,租给村里的贫户耕种。庙里的和尚坐收布施、地租,日子过得很是富足。

1948 年，庙里的一老一小两个和尚被赶出去，庙也拆毁，砖瓦木料平分了，庙里的地产也分给了原来的佃户。不久老和尚就死了，小和尚名叫老苗，在村中落了户，一直没有娶妻，后来也死了。据说，主持拆庙的人，不久便得了一场大病，从此卧床不起；又有人传说凡参加拆庙的人，过后无不腰痛、腿疼。众人悄悄议论，以为是刘爷显灵，在惩罚这班人。

据传说，刘爷庙里供奉的刘爷，并非神仙、佛祖，乃是很早以前本村的一位刘姓中医，医术高明，尤其擅长妇科，且医德高尚，来求医问药者无不悉心诊治，遇有家贫者还施舍草药，因此声名远播，救人无数。死后，人们为其建庙祭祀。后有家人久病不愈者，来像前许愿。据说极为灵验，许过愿的病人大多可痊愈，因此香火日渐兴盛，人们也就以为刘爷成了神仙了。

被拆毁之后，刘爷庙的旧地只剩一座土丘。土丘高丈余，长宽约二十丈，上面生满杂草，草下遍布碎砖瓦砾，人们称之为"刘爷庙疙瘩"。有虔诚者就地捡碎砖，砌起了个一人多高的小砖龛，又请人用砖雕了刘爷夫妇的两尊小像，不过一手掌高，依旧供于龛内，前面摆了陶制小香炉。这砖龛就算是刘爷庙的余脉了。再有烧香许愿者，就在龛前烧香跪拜一番了事，但这毕竟是少有的现象了。刘爷庙疙瘩便成了孩子们经常光顾的地方，挖野菜，打猪草，在草丛里逮蚂蚱，翻砖头捉蟋蟀，偶尔还会捡到枚生锈的铜钱；还会探头于龛内，研究一番神秘的小砖人、小香炉。遇有来烧香磕头的老妇人，孩子们便围一圈看热闹，之后也学了样子，在龛前磕头。

1966年前的某一年，农历三月十五的晚上，明亮的月光之下，刘爷庙疙瘩忽然热闹起来，男女老少纷纷聚于此处，有在砖龛前烧香跪拜的，有在一旁看热闹的；通往邻村的几条大路上，还有人群陆续奔向这里，甚至有人走几步跪下磕一个头，再走几步再磕头，竟如此一直从几里外磕了来；连邻村卖糖葫芦的老汉也赶来叫卖。村里的姑娘、小伙子分别结伙前来，年轻人大多不信鬼神，都是来凑热闹的，也有人暗地里搜寻着自己心仪的异性，一旦离近发现了，小伙子会高声说话，姑娘则借机会大笑，故意引起对方注意而已；肚子里有些文采之人，仰头看着天上皎洁的月亮，不顾身边的众人，独自念念有词，竟是诗兴大发了。

这时，有几个推自行车的男人，随着村支书来了，支书边走边喊"散了吧！散了吧！"有人认出来几个推自行车的人是公社里的干部。人群只得慢慢散了。

事后，人们也不知道这场盛会是何人组织的，也不知道何人给公社通报了消息。只是再没人敢公开到这里烧香磕头。

1966年后，公社来了干部，带着村里的民兵，把砖龛彻底拆平，神像也不知下落了。再后来，村民盖房取土，纷纷就近挖这刘爷庙疙瘩，几年时间，竟把这土丘挖平了，附近的生产队，就把这块地方划分给社员作自留地，这里就种上了庄稼。再以后的孩子们，就不知道这里曾有过一座刘爷庙了。

考诸史籍，刘爷庙供奉的，为宋金时河北名医刘完素。明清以来，刘爷信仰在冀中民间曾颇流行。乡民多不知道这些来历，所以史实与故事传说常混为一谈，将刘夫人也一体供奉，应是受了灶王爷夫妇的启发。

4

庙没有了，刘爷庙的名字却在村子上延续下来。这个村子在华北大平原上，离西边最近的太行山也还有一百里。周围五个县城，离刘爷庙都有三四十里地，这五个县又分别隶属于三个专区（现在的地级市），当地人常说这里是三专五县交界之地，历史上三不管的地方，尤其是村东南方向，盐碱土地，地广人稀，早年常有劫道的土匪出没。

全村三千多口人。一条略有弯曲的南北大街贯穿全村，两边又分出几条小街。新中国成立前，每个十字路口都有一个小庙，东西街就用小庙的名字命名，早年的老信封上还写有"某省某县刘爷庙村某某庙街某某某收"的字样。合作化以后，小庙或被拆毁，或改做了别的用途。

自从有居民以来的刘爷庙，村民都以种地为生，与外界交往不多，民风淳朴，敲钟上工，日落而息，粗布衣足以御寒，粗粮饭亦可果腹。1958 年成立人民公社，刘爷庙村被分为三个生产大队，每个生产大队又分为十来个生产小队，1984 年，公社改称乡，三个生产大队改为三个行政村，名字也改称南刘爷庙、中刘爷庙、北刘爷庙。

村南一条从西南到东北流向的季节性小河，名曰小白河，蜿蜒傍村流过。1960年前后，河里又打了若干眼井，清水从井眼里源源不断流出，村人谓之自流泉，小河一年四季也就流水不断了。可惜好景不长，1964年以后，自流泉流不出水了，整条小河干涸了，只剩下一条长满荒草的土沟。过河沟不远便是刘爷庙的遗址。

20世纪四五十年代之后，刘爷庙的传统农耕时代终结，计划经济、人民公社、生产队陆续出现，改变了每一个农民的生活。几十年来，机械和电器也参与改变了生活和民俗。当然，那些"旧俗"是善是恶，则任由后人评说了。

卷一　生活志

吃的变迁

一

用了这个题目，就得从 1958 年的吃食堂说起。

"食堂"这个词，最早是从一群聊天的妇女嘴里听到的。大意是说，要吃食堂了，不用刷锅做饭了。话里流露的是新奇、盼望。

最初的食堂的确给人们带来了兴奋、满足。食堂的饭敞口吃，几百口子人挤在一个大院里，边吃边聊，很有意思。

一般午饭吃干的，多是棒子面或高粱面窝窝头，盛一个大笸箩里，抬出来放在院子当中，两只水桶里盛菜汤也放在一旁，吃多少拿多少。有几分像今天的吃自助餐，个个吃得肚皮鼓鼓的。晚饭喝粥，还有熘山药。晚饭开得晚，黑暗中弥漫着棒子面粥的香味，院子里一大片蹲着的黑乎乎的人影，很远就能听到混成一片的"吸溜"声。粥烫人急，喝起来要有些技巧，手捧大海碗，连筷子都不用，嘴在碗沿转圈喝，准确说应该叫吸，把嘴噘起来，连空气带粥一起吸进嘴里，因此发出响亮的"吸溜"声。挨着碗沿的粥凉得快，温度略低一些，吸进的空气也起着冷却的作用，这样就能吃得快一些，吃伙饭，速度是很重要的。孩子们故意把嘴噘得更小，吸成"吱——吱——"响声，一时间声震夜空。

吃饱了，临走再拿几块熘山药，边走边吃，孩子们吃几嘴不吃了，一甩手扔到房顶上。更有好玩的，使巧劲把山药摔在墙上，名曰摔蘑菇。只是到了第二年，吃不饱了，又到房上把晒干的熘山药拾下来，摔在墙上的山药也用棍子捅下来，重新吃它。这东西坚硬无比，只能下死劲啃，掉了牙的老人、才长牙的孩子咬不动。这无意之中却发明出一种新吃法。若干年后，山药熘多了吃不完，切成滚刀块，放在窗台上晾干，存起来，没事的时候拿一块慢慢啃。其味甘甜醇厚，竟成为极具特色的美食，前几年还有人家把这美食作礼品，送城里的亲朋。还有精明的企业，批量生产这种"山药筋"，装入精美的塑料袋子，卖大价钱。这都是后话。

农忙时节，晚饭后还要干活。干完活夜深了，肚子也叫了，因此还有一顿夜宵，这夜宵只有干夜活的劳力吃，老人、孩子早睡下了，没有份儿。某个时段夜宵总吃豆腐脑。当地有高粱间作黄豆的传统，黄豆熟了收获不及时，豆荚爆开，豆子掉在了地上，一场雨过后，地上的黄豆泡涨了。发动小学、幼儿园的孩子们把涨了的黄豆捡回来，队里现成有歇业的卖豆腐脑手艺人，把泡涨的黄豆磨浆做成豆腐脑。孩子们大多没吃过这美食，听大人讲起来，馋得流口水。当然，真要坚持吃的话也不一定不让吃，只是孩子们都难熬夜晚的困乏，早早就躺在炕上不动了。

1958年风调雨顺，地里的草长了半人多高。凡草长得好的年头都是好年景。可是这一年的收成并不好，青年人大都上了水库工地，在家的人个个磨洋工，尽管墙上的标语尽是"鏖战""夜战""多快好省"的字眼，劳动效率还是奇低，庄稼大都被草"吃"了，收秋又是丢三落四，到了冬天，地里还有没收获完的庄稼。不清楚当年的公粮究竟缴多少，反正装到仓库里的粮食太少了，加上食堂管理粗放，泼洒浪费比比皆是，因此，在食堂里敞口海吃的情景，维持了不足一年时间，就一去不复返了。

二

生产队的食堂好景不长。从敞口吃改成了定量吃，从开始的每顿三个窝头到每顿两个窝头，后来竟只给一个，这是成年人的定量。五六岁的孩子给"三分"窝头。后来上学学分数理解得特别快，老师一讲到十分之三，马上想到了当年的三分窝头。吃定量可以把饭打回家里吃。孩子三口两口，三分窝头就进去了，眨巴着眼睛望着大人手里舍不得下咽的窝头，大人只好掰下一块递给孩子。

当年人们的饭量都特别大，小伙子一顿吃四五个窝头是正常，七八个也能吃下去。有菜汤、咸菜佐饭就是奢侈了，多数时候都是干吃窝头喝凉水。没有菜，对窝头的味道会体会得更清晰、更深刻，那棒子面的窝头越嚼越香，回味无穷。只是人身体的营养来源只有主食一种了。

吃不饱了，打饭就成了人们一天当中最为期盼的事情，一群光屁股的孩子，吃完早饭，就拿着高粱秸秆编的浅子*，到食堂打中午饭，把浅子放在地上代替人排队。每天上午，食堂门口一条用浅子排成的长长队伍，成了一大景观。

窝头渐渐没有了，改吃"淀粉"。此淀粉非彼淀粉，是用山药蔓或棒子核等为原料做成的，不知哪位高人借用了这美好的名字，反正不是农民，那时候的农民，还没有人知道淀粉是什么东西。做法不复杂，把原料烘干碾碎，用粗罗\[†\]筛过，掺上少许棒子面做黏合剂，

---

* 一种盛东西的用具。一般用柳条或竹篾编制而成，圆形，周缘低矮。

† 筛网。有粗罗、细罗之分。粗罗罗底的网格会大一些，主要针对高粱米、小米或玉米糁的过滤，细罗的网格密密匝匝，主要用来罗面粉。

和成面团后还是太松散，捏不成窝头，只能两手团一团，弄成圆不圆、扁不扁、黑不溜秋的东西，上锅蒸熟即可。这东西吃在嘴里满口是渣，一股浓浓的中药味，难以下咽。几种淀粉中，山药蔓做的还略微好吃一些，除了中药味以外，竟略有一丝甜味。每顿饭两个淀粉团，搭配两个熘山药，山药成了佐饭的菜，吃一口淀粉，再吃一口山药送下去。讲究一些的人家，把淀粉团打回家以后，搓碎，上锅烙干，这样吃起来中药味略淡一些，还有酥脆的口感。

挨饿的滋味最不好受。

"吃"成了人们生活中唯一追求的目标，凡是能入嘴的东西，都往嘴里塞。一开春，耕地翻出上年落下的山药，虽然一冻一化已经变了质，味道苦，颜色黑，但擦擦土就吃进嘴里。野菜长出来了，孩子们整天拿着口袋在地里转悠，寻觅簸箕柳、面条棵、青椒菜。野菜不能生吃，要拿回家里，用开水煮熟，放些盐，就是一顿美食。秋天，地里可吃的东西太丰富了，生山药、生棒子、生北瓜、生西葫芦、生茄子、生萝卜等。其中，生山药、生茄子最为好吃，后来能吃饱了，偶尔还弄两个尝尝鲜，生茄子就大葱，是难得的佳肴。秋天的庄稼地，是饥饿人群的天堂。秋煞毕后，能吃的东西越来越少，一群妇女在场院打棒子，抓起一把生棒子粒直接送进嘴里，嘎嘣地嚼。冬天，一群孩子，用铁丝穿着白菜疙瘩在火上烧，烧熟一层啃一层。人们逮住麻雀烧麻雀，逮住老鼠烧老鼠，这是真正的美味。

人们闲聊的话题只剩下一个，就是"吃"。某人讲起前一天，裤腿里装了一根萝卜（上些年纪的妇女时兴把裤腿扎起来），偷偷带回家，村口有"护秋团"，凡回家的人都要搜身，此萝卜竟没有被搜出来，晚上用半锅水煮萝卜片，一家人每人一大碗，连汤带水吃了个不亦乐乎，讲的人津津乐道，听的人满脸的羡慕。当年，不肯偷吃食的人极少。有一句名言大意是说，一个人吃饭是为了活着，而人活着绝不是为了吃饭，当时还纳闷，人活着不为了吃饭还能为了什么？

三

　　到了1961年，生产队的食堂解散了，队长也被撤职了。农户现在可以在家做饭，不过下锅的米面还是没有着落。找出早年压箱子底的几件旧衣裳，拿出没有多少实用价值的摆设如座钟、瓷瓶，甚至连还要使用的躺柜、鬼头车（一种独轮推车），都拿出去换了粮食。换粮食要出去十几里，到安平、饶阳一带的村子去换。前几年那里的老百姓家里还有些粮食。能换回粗粮吃的人家，都是早年间比较殷实的人家，还能找出有人要的家什。家徒四壁的人家，只有拉起讨饭棍讨饭去了。也是到安平、饶阳一带去要。讨饭也有讲究，到了人家院里，不能进屋，不管主人年岁大小，都是一句话："大叔、大婶可怜可怜我给口吃的吧，救救命吧。"主人大都掰下一块饽饽递出来，嘴里嘟哝着，又是某县的吧，真是遭罪啊。也有心眼特别好的，看着来人可怜，竟把家里的剩饭统统端出来，让讨饭者饱餐一顿。这会让讨饭者大为感激，给家人、给乡亲们好好讲上一阵子。一般一天也能讨到小半口袋儿碎饽饽，拿回家里，就是一家人的口粮。那个时代的人，有过讨饭经历的不在少数。

这一时期，最考验主妇持家的水平。换回来的粗粮，讨回来的饽饽，搭配上菜汤，掺上野菜，总得让家人吃个肚子圆，顿顿能让家人吃圆肚子的主妇就是好主妇。人但凡被逼急了就能"创新"。又一种新的饭食被创造出来了，名曰"苦累"，就是用树叶或野菜，或蔬菜，或泡开的干菜，切碎掺少许棒子面，加盐，加少许水拌匀，上锅蒸熟，再用辣椒或蒜泥调味，做主食吃，味道很是不错。到了现在，上些年纪的人，偶尔还会做一顿解解馋，只是调味品里多了花椒油、辣椒油。前几年，某一得了绝症的老人，孩子们问他想吃什么，答曰："苦累。"晚饭还是喝粥，棒子面就是这么点儿，只有多添水，粥越来越稀，人的肚量却越来越大。大人、孩子都是三碗五碗地喝，喝完粥，孩子们用手搂着圆圆的大肚子蹭出家门，脸上是无限的幸福。

吃饱了，可就是不抗时候，两泡尿下去，肚子又瘪了。人们还是整天寻觅填肚子的东西，逮老鼠、抓麻雀、捋树叶，挖野菜，凡能入嘴的东西都往家收拾。

有两个小故事：某日，一壮年汉子，看见一只母鸡叼着一个没有发育起来的小山药，也就一两寸长吧，吞下半截露着半截。汉子如获至宝，把母鸡从前街撵到后街，鸡跑不动了，人也跑不动了，按住鸡，从鸡嘴里拽出那个侏儒山药，擦也不擦，直接就填到了嘴里。这条小山药的营养远远不能补充撵鸡消耗的能量。又某日，众人在一起锄玉米，张三突然发现一只青蛙，拿着锄就追，旁边的李四也跟着追，李四手快，一锄把青蛙打死，为争这只青蛙，二人发生争执，差点动起手来。在众人调解下，把青蛙从中间一拧两截，李四尖头，要了肉多的大腿，张三憨厚，要了头、肚，下工拿回家，用盐水煮，吃肉、啃骨头、喝汤。

四

在解决吃饭的问题上，自留地功不可没。食堂解散不久，就给农民分了自留地，每人不足一分。别小看这一分地，当时所有先进的农业技术——化肥、农药、机井浇水——的增产作用，首先都是在自留地得到充分发挥的。一年两熟的种植模式也是从自留地开始的，每年一季小麦、一季玉米（这里传统的种植模式是三年两熟）。当时自留地的亩产量高一些，集体耕地的亩产量较低。人们尝到了甜头，于是在规定的数量之外，偷偷加大自留地的数量，今天分一角"鸡刨地"，明日又划一绺"猪拱地"，原来村子边缘的散碎地块，鸡刨猪拱，都长不成庄稼，一旦分为自留地就成了高产田。到20世纪70年代中期，每人名下的自留地达到了0.3亩左右，至此，人们才算真正吃上了饱饭。

1962年以后，经济得到了初步恢复，但饿肚子的阴影依然笼罩着人们。主妇们不得不精打细算，掰着手指头过日子，每个月吃多少粮食，每一天吃多少粮食，要把仅有的粮食吃到次年新庄稼收获。一句俚语说，"穷汉子就怕闰月年"——农历闰月年是十三个月，要多准备一个月的吃食。当时典型的食谱是，早晨喝山药粥——棒子面粥里煮上山药，为的是不吃干粮，中午吃一顿有干有稀的主食，晚上又是稀的，条件好一点的人家，晚上可以吃上一顿白面做的稀面条。干粮多是窝窝头、贴饼子，这两样都是用粗粮做，有高粱面、棒子面、山药干面等，以棒子面为主。贴饼子与窝窝头在口味上无太大区别，贴饼子是在锅的上沿贴上一圈，锅的下部或同时熬汤或熘山药，连蒸带烙，饼子熟了有一层酱红酥脆的硬皮——咔嚓，口味略好。贴饼子的不足是每锅做出的饼子数量较少，人口多的家庭不够吃。窝窝头每锅蒸的数量多，人多吃伙饭时还可以用多层的笼屉，效率高得多，窝窝头的形状如其名字，似圆锥，上尖下圆，底部还有一个暗孔——这样容易蒸透。捏窝窝头很有意思，左手五指与右手四指配合，围起来做成圆锥体状，右手拇指伸在圆锥体的正中间，形成一个活动的模具。面团在模具内团转几下，九个指头的圆锥体塑就窝窝头的外形，右手拇指扩出当中的暗孔。手巧的主妇捏出的窝窝头，孔大壁薄，外形秀气，好看好吃。

到 20 世纪 70 年代，粮食基本够吃了。比较富裕的家庭，过年可以杀一头自己养的猪，拿到集市上卖一部分，一家人再足吃两顿，剩下的就腌制成腊肉，存起来，等收麦子的时节或偶尔来了亲戚，拿出一块，或炒菜或熬菜。日子稍差一些的人家，会把养的猪卖掉，拿出一小部分钱，到集市上买回两刀猪肉，一"刀"大约六七斤，每斤猪肉的价格一块钱左右。那时买肉，肥肉最好也最贵，瘦肉便宜，头蹄杂碎不值钱，跟现在行情价码正好相反。

无论穷富（那时的穷富差别不大），家家腊月二十几都要煮一锅肉，一家人放开肚皮吃，把一年未见荤腥的缺憾一次补上。有特能吃肉者，用筷子插上三四寸见方的大肉块，转圈啃，一顿饭连馒头都不吃。煮肉这天才是真正的节日。吃剩下的肉捞出装盆，以后熬肉菜用。这里的风俗是大年初一早饭吃饺子，中午熬肉菜。读者对饺子都熟悉，不做介绍，单说中午的熬肉菜，用煮肉的肉汤，加白菜、粉条、豆腐、干蘑菇，还有切成片的熟猪肉，熬上一大锅，一家人敞开吃也不会吃完。剩下的肉菜更是好东西，以后每天再添加白菜继续熬，继续吃，只是光加白菜不再加肉。有的人家，大年初一的剩菜能接上正月十五新的熬肉菜。正月十五，还有一顿类似的熬肉菜,质量略差一些,吃的模式也是一样的，剩一回添加一回白菜，吃到最后，寡淡至极，跟素菜已无多大区别。正好跟日常的饭食做到了平滑接轨。

民　居

　　这一带的民居很有特色，一色的平房，多为外面包砖，内衬土坯的厚墙，榆木檩条，柳木椽子，上铺苇箔，架起厚厚的土屋顶。这房子冬暖夏凉，很是宜人。屋顶不起脊，平顶。麦收后，打下的小麦在入囤前，先在房顶上晒干；秋季，晒山药干、晒大枣、晒芝麻；等晚玉米下来，更是家家房顶摆满玉米棒子。有精细人家，把玉米棒子码在房檐上，能码二尺来高。这时登上屋顶四下望去，远远近近的屋顶上五颜六色，黄的是玉米棒子，白的是山药干，红的是大枣，比开展览会还热闹。

　　院落是简化了的四合院，旧院落还有东西配房和临街的门楼。新盖的院落大多省去了配房、门楼。有的在配房处搭简易棚子，或盛柴草，或夏天垒凉灶。刚过吃食堂那会儿，人们连围墙都不垒，到后来，才逐渐扣了土坯，垒上土坯围墙，围墙的两面及墙顶，用滑秸泥[*]抹了，以抵御雨水冲刷。当年打麦子，是铺在场里，用碌碡碾下麦粒，去粒后的麦秸极软极滑，人称"滑秸"。和泥掺上滑秸，可增加拉力，容易附着在墙上。围墙一般没有街门，只是在适当位置留一豁口，装上木棍、高粱秸扎成的栅栏。栅栏上吊一铃铛，每当铃铛一响，屋里的主人就知道有人来了。

正房坐北朝南，一般为三间，一明两暗。里间屋朝南留窗口，装木格子窗户，夏天钉窗纱，冬天糊毛头纸。外屋门装两寸厚的木门扇，外设门吊，用来挂铁锁锁门，内设门栓，当地称为"插关儿"，晚上用来睡觉插门。一进外屋门，左右是两个砖砌的锅台，安七印或五印大锅，用来烧火做饭；迎面靠北墙摆一木

床，木床上摆案板、擀面杖；还有盛了米面的大瓦罐，盛了油盐酱醋的小瓶、小罐，摆得满满当当。里、外屋用隔山墙隔开，留门口，但不装门扇，夏天吊单布门帘，冬天吊棉门帘。进了隔山门，来到里屋，南面靠窗户是一面大炕，五尺宽，整间屋子长，占去了半间屋子。北面是两头顶墙的大躺柜，里面装了全家人的衣被。迎门的东墙，上挂大穿衣镜，下面摆迎门橱，橱里装些杂物。

外屋的锅台与里屋的土炕隔墙相通，做饭烧火，那柴烟经土炕入屋墙上的烟洞，再从屋顶上的烟囱里冒出去。盖房时就在墙里预留了烟洞，从室内却什么也看不见。冬天，土炕让做饭的烟火烧得烫烫的，白天把被褥叠好，放在靠隔山墙的地方，那地方叫炕头，离锅台近，最烫。晚上睡觉，被褥是温热的，炕也是热的，钻进这被窝很是舒服，并且越睡越暖和。当地有俗语："三十亩地，一头牛，老婆孩子热炕头。"这是早年单干农民的理想生活。也可见这没有取暖设备的屋子，"热炕头"的重要。

土炕是用土坯垒成。借了东、西、南三面屋墙，只在北面垒一道五寸宽坯墙，外面抹泥。整个土炕的围墙就都有了。中间用土坯支架起来，上面也用土坯搭砌炕面，抹上滑秸泥，再挂细泥。炕沿垒一道极平整光滑的砖。据说这砖是在烧制之前，先把砖坯磨光，刷上小米饭汤，再入窑烧制。也有人家在炕沿装一块光滑的木板，炕沿要高出炕面两寸许。炕面铺上厚厚的滑秸，再上面铺毡条或炕被子，最上面铺炕单子。

这土炕，夜晚一家人铺被褥睡觉，白天一家人放桌子吃饭。主妇在炕上做针线活，客人来了在炕上就坐。老人在炕上度过晚年，孩子在炕上出生、玩耍。农家过日子还真离不开这土炕。

土炕烧几年之后，里面的土坯被烟火熏得漆黑，挂了厚厚一层油烟。这熏烧过的土坯叫"打炕坯"，做庄稼的追肥极好，一棵玉米，使上半块这打炕坯，就会秸秆粗壮，叶片油黑。给旱烟做追肥更好，使了打炕坯的旱烟，高产不说，那烟叶抽起来劲头大，没有邪味。这打炕坯还有一用处，把它砸碎，用水泡开和泥，抹了屋顶，极抗雨水冲刷。用它抹过的屋顶，三五年下雨不漏。这打炕坯竟是当地人极珍贵的东西。因此，每过几年，人们要把旧炕拆了，重新扣坯，重新盘炕。主要目的就是要用这打炕坯。

旧炕好拆，新炕却不好盘。结构虽不复杂，但盘出来却不一定好烧。全村能盘出好炕的把式没有几个。盘好了的炕，极抽烟，在灶膛里烧柴，那火抽得呼呼做响，屋里没有一点烟，土炕还烧得极热。二把刀盘的炕，烟火从灶门往屋里冒，灶膛里发黑，生不起火。这盘炕的技巧，笔者当年很下了些功夫，也就略知一二。只是当今时兴技术保密，在这就不做免费介绍了。

山　药

　　在过去的年月，山药在人们生活中扮演了极为重要的角色，不得不单独成篇。

　　这里说的山药，大名红薯，还有白薯、番薯、山芋之称。如今城里做糖葫芦的棒状"山药"，当地称为"麻山药"，和这里说的红薯"山药"不是一物。

　　本地的山药分两季种植，春季种植的叫春山药，收割小麦后种植的叫夏山药。夏山药收获后，入窖保存，第二年早春，挑出块头匀称、无瘢无病的山药，植入特制的苗圃，俗称山药炕，培育出秧苗。小满季节开始移栽到大田。过了麦收，春山药的秧蔓已经爬满了地，把较长的秧蔓剪下来，裁成一尺来长的段，扦插到翻耕起垄的麦茬地。至此，一个循环完成。春山药的种薯来自夏山药，夏山药的秧苗又来自春山药，如此相互依存。山药产量高，因此在粮食短缺的年代得到了广泛种植，在人们的食物构成中占了不下三成的比例。

春山药块大，含淀粉量高，水分少，一般收获后立即擦片晒干，作为粗粮食用。可烙饼、蒸窝窝头、擀面条、压饸饹、包饺子。有的人家，把刚出锅的山药面窝窝头，上碾子碾压成薄薄的大片，再切成细丝，佐以盐、醋、蒜，做成一种口味独特的美食。还有巧妇，用和好的白面团包住山药面团，擀成包皮面条，可做凉面、打卤面、炸酱面。这种面条，粗看与白面条无异，细看中间多一条褐色的线，吃在口里，有白面的滑爽，还有山药面的筋道，只是总有几分山药干特有的微苦味。近几年，还有小贩在集市上卖这种包皮面条，开水煮熟，出锅用凉水过一下，浇上卤汁、醋、蒜泥、花椒油，竟招来不少怀旧的老人和好奇的青年。后来还有人家把春山药做出淀粉，并加工成粉条，或自吃，或出售。

夏山药一般直接食用，收获后要入窖保存，随吃随往外拿。农户窖存山药，温度、湿度不好掌握，经常出现烂山药的现象，只得随烂随吃，把烂的部分削去，剩下好的部分照样吃下。少数精细人家，保管得很好，能吃到第二年的麦收。到了那时节，山药就成了稀罕物。

山药最普遍的吃法是熘着吃，把山药洗净码在大锅里，加少许水，盖严实，先大火后小火，停火再焖一会儿。待山药稀软后出锅。往往山药出锅后，锅内剩下些许的浓汤，此汤含糖极多，甘甜无比，俗称山药油，每到熘山药出锅的时候，孩子们守在一旁不肯离去，专等吃那点儿山药油。还有生产队的副业作坊，生产"千穗谷"（一种当地种植量极少的谷类）做的糖。把千穗谷上热锅爆成米花，以专门熬制的山药油做黏合剂，压制成型，切为小块出售。熬山药粥也是当时一种普遍的饭食。

山药还有一种特殊的吃法，直接用火烧熟，一般作为野炊，在家少用。在平地挖沟，沟宽略小于山药块的长度，挑细长的山药块，架在沟沿，平铺一层，下面沟里烧火，烧一会儿翻个儿，再烧，最后把山药填进沟里，埋入火灰焖熟。烧山药，皮焦瓤软，热烫甘甜，在诸多吃法中最为好吃，不知如今城市中的烤红薯是否由此而来。烧山药需要经验丰富的人来烧，掌握火候极为关键，弄不好不是烧煳就是熟不透，并且每次加工量很小，时间很长，特费柴，因此没有普及，当年也只有从事看守庄稼、浇地等闲散活计的人，在地里摆弄此物。

山药吃多了，胃要反酸，疼痛难忍，后来人们发现，山药跟白菜搭配吃可避免此病。因此，熘山药熬白菜又成为当时普遍流行的一组饭食。多吃山药也有妙处，解大便时爽滑无比，痛快异常，拉山药屎竟是一种享受。医药专家失职，至今没有把山药列为治疗便秘的药物。

到粮食够吃以后，山药成了喂猪的饲料。熘山药加水，搅拌成泥，掺上磨碎的秸秆、干草，喂猪既适口又长膘。只是有些可惜了。

土地承包以后，粮食产量大增。小麦成为主要粮食品种，粗粮已很少食用，养猪日渐专业化，不再以山药为饲料。山药逐渐退出人们的生活。至今只有少量种植，卖给城市里烤红薯的小贩，山药的身价也高了，成了换钱花的经济作物。

四季美食

20世纪60年代后期，到整个七十年代，粗粮已经够吃，白面还是稀罕物，肉只是过年那几天解解馋，平日里极少见。蔬菜是自家菜园里长了什么就吃什么。粗粮当家，菜种单调，人们的主要精力却都用在了"吃"上，用了极大的心思，发明出种种花样食物，却也好吃好看，值得一述。只是林林总总，不知从何下笔，只能以四季时节的变化为线索，拣最有特色的略记一二。

一　早春

春天，气候渐暖，贮藏的白菜、萝卜多已吃完，即使还有，也是白菜多丝，萝卜发糠，不能食用。菜园里的西葫芦、豆角、茴香等刚刚下种。饭桌上只有干菜当家，干白菜、干豆角、萝卜干、茄子干等。偶尔也挖些野菜或买些小葱调剂一下。一般主食还是蒸窝窝头、贴饼子，还有烙饼。

不少的人家，在棒子面里掺上水发的干菜，略放一点盐，做成菜窝窝头或菜饼子，既可节约粮食，吃起来还有滋味，省了炒菜。还有一种"渣窝窝"很有特色。用做豆腐的副产品——豆渣为原料，当年卖豆腐的小贩多有兼卖豆渣的。买回来豆渣，掺上棒子面、水发干白菜，放盐、葱花、花椒面儿，为增加面团的黏度，要用开水和面，做成窝窝头或饼子，上锅蒸熟。没吃过这东西的，初吃有一股豆腥味，不甚适口。吃多了，适应了这豆腥味，竟会越吃越上瘾。就着两瓣生蒜，在嘴里能嚼出一股肉味来。一顿饭干吃两三个渣窝窝头，不用佐菜。

烙饼多以高粱面、山药干面为原料，后来粮食多了，山药干面逐渐退出了饭桌。高粱面也要用开水和成面团，还要加上些榆皮面作黏合剂：榆树皮剥去表层老皮，剩下嫩皮，晒干，碾碎，筛出细面，极黏。擀成极薄极薄的饼，上锅烙熟。当年，人们评价一个农妇的手巧不巧，常以烙出的高粱面饼薄不薄作标准。若饼烙得火候大一些，脆，则更加好吃。高粱面饼抹上自做的面酱，卷上小葱、瞿菜（野生苦菜，可生吃）最为好吃。春季的鲜菜里，小葱下来最早，一般都是上年的秋季下种，次年立夏季节就能上桌。高粱面饼凉吃最好，刚出锅的热饼会把小葱烫热，有一股不好闻的气味。有农妇，故意将高粱面饼晾干，闲暇时做零食吃，也是抹酱，卷葱、菜叶，捧在手里，慢慢嚼，嘴里嚼得嘎巴嘎巴响，甚是得味。只是吃这东西需要好牙口。

高粱面饼卷煎小鱼，更是一绝。当年经常有卖白洋淀产小杂鱼的小贩过来。骑特制的载重自行车，车架子要比现在的自行车长很多，粗辐条，轮胎也厚。车后挂两个大竹筐，筐里装一寸来长的小白条，杂以二三寸长的小鲫瓜（鲫鱼）。高声吆喝："称鱼嘞——白洋淀的鲜鱼！"有主妇隔墙问："卖鱼的，一块钱几斤？""三斤半。""还能贱点儿不？""出来看看再说啊。""好，你等着。"日子稍宽裕的人家能偶尔买上一二斤，一家人解解馋。买小鱼回家，洗净，小白条不用去肠肚，放盐，略浸一会儿，滚上棒子面。烧柴禾的大锅里淋上少许棉籽油，烧热，把小鱼下锅，用锅铲摊薄，煎一会儿翻个儿，最后煎成外焦里嫩出锅。用高粱面饼卷上，吃起来那个香啊，没饱没够。至今仍有上年纪的人好这口。只是现在烙饼找不到高粱面、榆皮面了，只能用棒子面替代，棒子面里要掺二分之一的白面，不然面团发散，擀不成饼。这棒子面饼吃在嘴里仍发散，不如高粱面饼筋道。

干菜的吃法，一般是炒、熬、蒸三种样式。都要事先把干菜用水发开，切碎。炒很简单，热锅放油，放几粒花椒炸焦，下葱花、蒜瓣，干菜下锅，略翻炒，加盐，加少许水，炖一会儿出锅即可。熬干菜是在炒的基础上多加水即可，一般要比炒菜量大，要在大锅熬，每人三碗两碗地吃。干菜不论炒或熬，出锅时加些熟猪油最对味。再加些排骨汤当然更好，可惜当时没有。猪油一般家庭还是有的，过春节时，会把部分肥猪肉熬成油，还有煮肉的撇汤油（煮肉时肉汤上漂浮的一层油），装在瓷盆里，可吃一整年，聊以替代猪肉。如今有的饭店里，还有熬干白菜这道饭食，用以酒后佐饭。只是里面多了豆腐、粉条、熟猪肉，排骨汤更不会少。

蒸干菜算是比较有特色的吃法。备好的干菜里掺少许棒子面，加盐，上锅蒸熟。一般是跟贴饼子一锅做。出锅拌上调料。调料一般有两套。一套是油炸辣椒，另一套是花椒油加蒜泥。各有独特的味道，随家人的口味选择炮制。

菜窝窝头、蒸干菜，还有原来介绍过的苦累，这三种食物的主料相同，都是干菜（苦累和菜饼子也有掺鲜菜的）和棒子面，也都是上锅蒸熟。区别在于棒子面与干菜在里面所占比例不同。菜窝窝头以棒子面为主，掺少许干菜；蒸干菜是以干菜为主，掺少许棒子面；苦累介于两者之间，棒子面与干菜大体各占一半。

二　夏忙

麦收是进入夏季的标志。拔麦子在诸种农活中最累，收麦、打麦最为紧张、辛苦。要抓住几个天气晴好的日子，把小麦收、打完毕。有"龙口夺粮"之说。人累，饭食就要跟上。一年之中，除了过年，再就是麦收时节饭食最为整齐。有心计的主妇，麦收前半个月就开始攒下鸡蛋，用棉花籽换二三斤黑油（棉花籽轧的食用油，未经提纯，颜色发黑），淘几十斤小麦，在村里的钢磨上磨成白面，为麦收时的饭食做好了准备。

生产队开始拔麦子。所有劳力都要上工。一改往日的拖沓，天刚亮人们就到了地里，占上甲垄就猫腰拔起来。等太阳一树尖高，人们拔进去了大半截地，在家做饭的主妇们，陆续提罐挎篮送了饭来，队长看各家送饭的来齐了，高喊："吃饭了——吃饭了——"人们马上直起腰，围了过来。

罐子里是小米饭汤或者绿豆汤，罐子口上放一盘子，盘子里装菜，或炒鸡蛋，或咸鸡蛋，或腊肉炒西葫芦等，盘子上再扣一个大碗以遮尘土。

咸鸡蛋有两种，一种是鸡蛋煮熟再腌的。把煮鸡蛋磕出裂缝，放入坛子，加入花椒、大料加盐煮成的汤汁，密封。一般腌制数月，高温季节腌最好。现捞现吃，剥皮后的咸鸡蛋，跟面酱一般稀软，蛋清、蛋黄都已成黑灰色，极咸，极臭，能臭出很远，比臭豆腐有过之而无不及。最好用大葱蘸了这臭鸡蛋送饽饽，咸、臭、辛辣，三种重味共同刺激人的鼻腔、口腔、咽喉，真是满嘴生津，那快感无以言表，吃过不忘。只是吃过这东西，满嘴臭气，刷牙漱口也一时难以除去。恋爱中的男女断不会吃它，当然两人都吃也可以，臭味相投就无所谓了。另一种，是腌的生鸡蛋，临吃再煮熟。蛋清软嫩，蛋黄发沙，味道鲜美。

送腊肉炒菜的人家极少，吃起来是个稀罕。还有素炒茴香、素炒西葫芦、素炒黄豆芽等。

篮子里装饽饽，或掺了山药干面的白面饼或掺了白棒子面的白面卷子（馒头），还有用跟卷子同样面做皮的茴香馅素包子。还有碗筷饭勺之类，用一块粗布盖了。白面极少，有人发明了这白面里掺粗粮面的做法。当时玉米有黄、白两种，黄玉米一般做窝窝头、熬粥，白玉米磨成极细的棒子面，专门用来鱼目混珠掺在白面里食用。就这种掺了棒子面的混合面，人们平日里也舍不得食用，只是逢年过节，盖房、娶亲招待客人，才舍得吃。这东西从外观上看，倒也是细白细白的，与纯白面饽饽没什么区别，只是吃在嘴里略发脆、发散，有棒子面味。人们久不吃纯白面的饽饽，就以为纯白面也就是这口味了。这种面多用来做发面饽饽。把白棒子面粉用水调成稀糊，加上酵母，发起来，再揉进白面粉，放适量碱面，再揉熟，或蒸成卷子，或擀皮包包子。

拔麦子的人们都围拢过来，用衣裳擦擦手上泥土，开始吃饭。一般三五家走动较近的人家，围成一个圈子，或蹲或坐。中间放上各家送来的饭菜。先盛一碗汤，咕咚咕咚喝下，再开始就着菜吃饽饽。各人以吃自家饭菜为主，也捎带尝尝别家的口味。尝别人家的饭菜，吃到好处，就啧啧称赞。主妇们已经在家吃过，此时站在圈外，看家人吃饭，当看到别家人吃了自己做的饭菜，不但不吝惜，还会满心喜悦。自己持家有方，饭菜做得好，招来了乡邻肯定，那成就感、虚荣心油然而生。

饭毕，男人抽旱烟，女人收拾用过的碗筷。稍事休息，接着又拔起麦子来。送饭的主妇们也不再回去，或拣丢落的麦穗，或把拔下的麦个子攒成大堆，以便装车往家运。太阳已是火辣辣的，人们的汗水湿透了衣裳。拔麦子不能光膀子，要穿长袖褂子，头上或戴草帽，或包毛巾。这一是避免麦芒扎肉，二是穿着汗湿的衣裳能降体温。拔到地头，已是半晌午，太阳更毒，人们也就早早收工回家。

麦收过后，队里分的，加上自留地打的，每家会收入不少小麦。会过日子的人家饭桌上却依然是粗粮为主，只有粗粮已经吃光的人家，无奈才纯吃白面，也有无心计的主妇，逮住了白面，一家人上顿下顿狠吃，先痛痛快快解一解馋再说。

盛夏，自家菜园子里的茴香已吃过头茬，西葫芦到了旺季，北瓜、豆角陆续下来，饭桌上的蔬菜丰富起来。

蔬菜品种多了，吃法也还是炒、熬，并无新意。

偶尔会吃上一顿饺子。用西葫芦或嫩北瓜擦丝，挤去多余的水分，放上葱花、花椒面、盐，再放一小块贮存的熟猪油。也有用黑油炸酱代替猪油的，那味道也很鲜美。饺子皮会有两种，一种是白面的，一种是山药干面的，和山药干面要加上少许榆皮面。山药干面做出来的食物，颜色发黑，吃在嘴里有淡淡的中药味，不好吃。一锅饺子煮出来，捞在盆里黑白分明，放桌上。老人、孩子吃白面皮的，其他人吃山药面皮的。

夏季最普遍的一种饭食就是凉面条，几乎家家吃，天天吃。多是用山药干面擀成，和面时也要加榆皮面作黏合剂。后来还有了山药干面外包白面擀成的包皮面条。面条用开水煮熟，捞在盛了凉水的盆里。豆角也用开水汆熟，切段，与面条拌在一起。加醋、蒜泥、盐、花椒油，连汤带水装满一盆。酸、辣、咸，口味极重，遮住了山药干面的味道。年轻人一顿能吃上三五碗。至今，人们夏天仍短不了吃凉面条，只是面条是白面的，还多了芝麻酱。

三　秋收

秋季是农忙季节，劳动强度、紧张程度仅次于麦收，但持续时间要比麦收长得多。当地俗语"处暑见新花"，是说过了处暑棉花就开始采摘了。紧接着春季下种的高粱、谷子也成熟了，该收割了。一直忙到霜降以后，拔完了棉花棵，地里只剩下一望无际的麦苗，整个收秋种麦才算结束。前后会整整持续两个多月。其中，从秋分到寒露这半个多月又是最忙的。棉花隔几天就要摘一遍，更要送粪、耕地、整地、播种，还要抽空收割晚玉米。忙得不可开交。

这几天，劳力们中午不再回家吃饭，由生产队统一做了饭，送到地里吃。饭食没有花样，都是小米绿豆粥，既当饽饽又当汤。刚刚打下的新谷子，派人装两口袋，送到碾米坊碾成小米。当时队里已经有了电动碾米机，对外碾加工，算是队里的副业摊子。绿豆也是新打下来的。在队部的大院里，支上一口大杀猪锅，从吃过早饭两个人就开始忙活，熬上满满一大锅粥。说是"粥"，其实比普通粥要稠得多，因为没有饽饽，这粥就是主食。熬这粥有个标准，粥熟之后，在粥上插筷子，筷子不能倒。熬小米粥要小米绿豆凉水下锅，大火烧开，再小火烧一顿饭工夫，然后盖上锅，用锅底的余火慢慢焖熟。新小米粥的香味极是好闻，飘出好远，引人食欲。在场院干活的辅助劳力，还有饲养员、管库员等，早早拿了饭碗来，边干活边等着吃饭。这也有规矩，要先把给地里干活的人们的饭送走，剩下的饭这些人才能吃。

不过，他们却有机会吃到锅巴。把粥盛完，锅里会剩下厚厚的一层锅巴，这锅巴当时铲不下来，要等锅晾凉以后，再烧一把火，那锅巴才会爆下来。总会有人想着弄这玩意儿，只是一弄下来，众人都会来抢，下手快的抢到一小块，嘎巴嘎巴嚼起来，的确是香。在地里干活的人们无缘享受这美味。

饭熟，已是中午。用挑水的水桶，盛满六大桶粥。三个人分别挑了，颤悠悠送往地里。路远，中间还要歇两次脚。

地里干活的人们，早就饿得前心贴后心了。不时有人眺望通村的大道，远远看见了影子，众人就纷纷猜测、判断是不是本队送饭的。等走近了，看清楚了，马上高喊："饭来了！饭来了！"人们也不再等队长发话，放下手中干活的家什，纷纷回到地头，从自家筐里拿出早晨带来的碗筷。也有不带筷子的，从树上折两截树枝，或从刨倒的高粱秸上折来葶秆，权做筷子使用。

等饭送到地头，人们一拥而上，围了六只粥桶。每只桶只带一个饭勺，争着使用。盛满一碗，端到一旁，或站或蹲，大口吃了起来。也有精细人家，从家里带来腌的咸萝卜条，装在小碗里，此时端出来，放地上，众人也不客气，想吃的就夹一撮，放在粥上面，慢慢去吃。

有人别出心裁，带来了暴腌的萝卜梗，吃起来竟极有特色。这东西碧绿碧绿的，切成寸段儿，夹一根，嚼在嘴里极脆，略咸，还有一丝生萝卜味，佐粥却极是对味。原来萝卜长在地下，地上部分长一丛筷子粗细的梗，梗上长叶，这里人称萝卜缨。以前都是在萝卜收获后，将萝卜缨切下来，晾干，做干菜食用。现在是萝卜还在生长时，将靠下边的梗掰下来，捋去叶子，用盐腌上，只三五天就能食用。此后，众人纷纷效仿，家家做起了暴腌萝卜梗。只可惜这东西可吃时间太短。

这粥不能喝，只能"吃"。把碗沿凑在嘴边，用筷子往嘴里拨拉；略讲究一些的人，用筷子铲起一块，送进嘴里。新谷子碾出的小米好吃，做出饭来，黏，有香味。新绿豆却不好，里面总有煮不开的豆粒，偶尔嚼到，咯嘣一声，满嘴豆腥气。

这六桶粥不会剩下。人多时，有人吃不太饱，也凑合过去；人少时，每人饶一碗半碗也就吃净了。当年人们的胃，弹性都极大。

秋季本是食物丰富的季节，可惜人们太忙，没有多少心思放在做饭上，一般吃不出什么特色。就是每年的中秋节，也是在忙忙碌碌中度过，多有被人忘记，少有特意吃些什么。

有两种野味倒值得一记。

一是煎蚂蚱。秋季正是蚂蚱甩子（产卵）的季节，极肥。人们收庄稼，常有蚂蚱蹦出来，一般要脱下鞋子扣住它，用狗尾巴草串上，半天能逮一两串，收工带回家，煎了吃。也有放假的小孩子（当年农村小学放秋假），用铁丝、窗纱、木棍，做了专门的网子，跟在大人后面捕蚂蚱，捕了装在专门做的小布口袋里。拿回家后，择去翅膀，择下头。择头的时候，会带出一截火柴棍大小的黑东西，当时觉得是蚂蚱正在消化的食物，后来看书，说是蝗虫的中枢神经——把这东西去掉，连头带身子洗净，放在大碗里，放上盐腌一会儿，择去头的蚂蚱，那腿还一伸一蜷地乱动。在小锅里放黑油，烧热，放进蚂蚱"呲啦"一声，紧翻几遍，待蚂蚱煎成红色出锅。这煎蚂蚱外焦里嫩，肚子里满是黄子，用高粱面饼卷了，吃起来焦香不腻，比鱼、肉好吃几倍。后来，人们由煎蚂蚱引申开来，煎知了（蝉）吃、煎蚕蛹吃，味道跟煎蚂蚱都差不多。

二是暴腌野粟子。在庄稼收割后的地里，长着一片一片的野粟子。这东西一尺来高，黄绿色的叶子缝儿里长着极小的果实，果实上嵌着小米大小的黑色籽粒。人们在干活的间隙，一会儿就能拔半筐，收工后背回家。去掉根茎，将择下的叶子、果实洗净，用开水氽熟，捞出，放盐腌上。过三两日即可食用。吃的时候，盛出半碗，将两棵大葱切末儿，一起拌了，放一点香油或花椒油。吃在嘴里有一丝麻酥酥的味道，嚼到籽粒，极脆极香。要细嚼细品，越嚼越香。近年，菜市场有卖家种的粟子，多半人高，叶子大，果实也大。买回家如法炮制，味道跟野粟子差不多，只是这粟子叶子肥厚，吃在嘴里发柴，口感远不如当年的野粟子。

四　冬闲

过了立冬节气，收罢了菜园里的白菜，麦田放过冻水，一年的农活儿算是彻底做完了。只是生产小队不会放假。最多的大宗活就是平整土地。后来有机井浇地，但原来高低起伏的耕地浇不好。冬季一是农闲，二是准备第二年种春庄稼的地。无庄稼的白地正好施工。当时每家都有一辆胶轮手推车，由一个人推着，其他的劳力扛铁锨、钢镐。到了地里，几个人一组，两三个人装车，一个人推车。推一会儿，会有个装车的壮劳力与他换换工。把高冈上的土，推到低洼处。地里上冻以后，要用钢镐把冻土层打开，好在每天都做，一个夜间也冻不了多厚。

只是这冬天，太阳出来得晚，落下得早。上午十来点钟上工，傍黑四点多收工，中午还要回家吃饭，再除去中间抽烟休息，一天不过干三四个小时的活。

平整地的活也不好量化，做多做少无人计较，到了地里，比划比划就是半天。早晨不再出工，所以一天只记八分工。这八分工，比起农忙季节挣的八分工，就容易得多了。所以，只要不是家里有特别紧要的事情，人们一般不会脱工。

冬季的食谱更单调，天天一个样，家家一个样。早晨熬山药粥；中午或熬白菜贴饼子，或炒白菜烙饼熬稀饭；晚上稀面条。

熬山药粥。把山药洗净，切成寸段下锅，添水，大火烧开，再小火慢烧，到山药将熟，搅入棒子糁，再小火烧一会儿即可。这棒子糁是专为熬粥用的，比棒子面要粗，有小米粒大小的颗粒，熬出粥来，黏糊，有嚼头。还有吃饭讲究的人家，山药粥是另一种熬法：把水烧开，先搅上棒子糁，略烧，再下山药段。这样做费时、费事，下山药段后，要不停地搅动，防止巴锅（糊锅底）。山药被粥糊住，也熟得慢。但这样熬的粥，山药的糖分煮不到水里，更甜；棒子糁熬得时间长，更黏糊。

冬季，一般只有上年纪的人住的屋子，才生个小煤球炉子取暖，年轻人睡觉的屋子没有任何取暖设备，极冷，有时连尿盆里都结了冰。早晨不上工，家里也没有紧要活计，年轻人大多钻在热被窝里不肯出来。山药粥熬熟了，喊几遍，才磨磨蹭蹭穿衣起来，洗把脸吃饭。略吃两碗，也就算了。

中午贴饼子熬白菜。先烧少许开水，趁热泼在事先盛在盆里的棒子面上，搅匀。棒子面烫至半熟，不发散。加一点苏打粉，为的是饼子松软。和好面团，略放一会儿。柴灶大锅烧热，炝锅，下切好的白菜，翻炒，添半锅水，有粉条的人家，可再加一绺粉条。盖锅，烧火至锅内有了"呲啦"声音，掀开锅盖，在锅沿贴上一圈饼子。贴饼子必须等到锅热，凉锅贴饼子贴不住，会溜下去。再盖锅，大火烧到蒸汽起来，改小火再烧一会儿。闻到棒子面饼子的香味儿了，住火。再焖一会儿，即可揭锅。贴饼子，烧火很有讲究，要把柴火分散到灶膛里的各处烧，把整个锅都烧热，不能只烧锅底。这样，贴出的饼子才有"饹馇"，才有饼子的特色口感。

烙高粱面饼，炒白菜或炒萝卜条，做起来无什么新意。只是做这饭食太费功夫，要烙一锅饼，炒一锅菜，再熬一锅稀饭汤。要一两个钟头才能做出来。大多是贴饼子熬白菜吃烦了，用这个调剂一下。

晚饭一般吃稀面条，擀面条多用山药干面，也有用白面团包上山药干面团，擀成包皮面条的。到20世纪70年代后期，自留地多了，囤里的麦子也多了，山药干面条升格成了白面条。白菜炸酱炝锅。一般人家舍不得花钱买酱油，炒菜、炝锅多用面酱。这炸酱炝锅比用酱油略费事一些，但其香味是用酱油无论如何也做不出来的。锅大油热，下葱花、蒜瓣的同时，下家里做的面酱。用筷子紧搅几下，香味出来，马上下切好的白菜，略翻炒。添水，烧开，下面条煮原汤面。每到做晚饭时间，家家飘出炸酱炝锅的香味，那街上行人不由得要咽几口唾沫。

里屋的炕上放饭桌，饭桌中间放一盏煤油灯，一家人围上。每人捧一大碗，连汤带水，吃上两三碗。年轻人饭量大，再就着咸菜，吃个中午的剩棒子面饼子。老人在炕上正中盘腿而坐，小孩子在两旁或跪或蹲，吃完一碗，把空碗递给炕下的年轻人，由他到外屋的锅里再给盛一碗。冬季的晚饭，是一家人最放松、最温馨的时候。

五　腊月

冬天日子过得快，眨眼就进了腊月，该过年了。过年的主要内容就是"吃"。

喝过腊八粥，有心计的主妇就开始淘麦子磨面。每到年根底下，生产队的磨坊太忙，送了粮食去，要等好多天才能磨出面来，所以要提前准备。过了腊月十五，各家开始淘小米，准备摊炉糕。

摊炉糕用小米面。小米面电磨不能磨，只能用碾子碾。先把小米淘过，控去多余的水分。大街上有一台石头碾子，每到年前，这里就忙了起来。用碾子要提前排队。多是拿一把笤帚放在那里，与正在推碾子的人家说好。等轮到自家了，不管是白天还是夜晚，一家人都要去推碾子。两三个人推，一个人在一旁用罗筛。人少的家庭，要与别人家搭伙才推得动这碾子。

小米面加水和成稀软的面团，加上酵母，发起来。再兑水，加适量碱面，搅成稀糊，摊炉糕的原料就准备好了。炉糕锅是特制的。直径大约八寸，下面三条腿，锅底是个球面，中间高，周围低，锅底的四围是略高起来的锅帮，锅底与锅帮交接处，形成一环形沟槽。锅盖似平顶帽盔，中间有系，以便提起。比锅底略大，套在锅帮上。底、盖都是生铁铸成，极重。这半个村子只有几户人家有炉糕锅，一年里头只有年下几天才用它，其他时日闲着。过年摊炉糕，一般要同时用两个炉糕锅，锅少，用的人多，也要提前排队。

　　炉糕锅借到家，在外屋的地上，并排架起两个锅子。烧高粱瓤子，这是早就准备好的，这东西好引火，火势不软不硬。旁边放盛了小米面稀糊的大盆。还要准备一个小木棍，头上绑块生猪油。把锅烧热，擦上猪油，用饭勺舀一勺稀糊，在炉糕锅的正中慢慢往下倒，让稀糊沿球面往周围慢慢流，一勺稀糊倒完，正好流满了锅底，在边上的沟槽里汇集了。盖上铁盖，烧火。这时开始忙活另一个锅，一切如上。刚盖上这个锅的铁盖，原来那个锅就该出锅了。先是蒸汽烧起来，凝结于锅盖，再滴到锅帮上，"呲啦"一响，炉糕就熟了。提起锅盖，用锅铲把炉糕对折，成一扇形饼子，中间薄，边上厚。铲出来，放进一旁的笸箩里。接着锅上又擦油，又开始下一轮。两个锅交替出锅，一个人很是忙活。半天可摊完两大盆稀糊，出一大笸箩炉糕。与白面卷子掺和着吃，一家人能吃到正月十五。

这炉糕，略有酸味，吃在嘴里发散。就着熬肉菜吃，甚是对味。由于是发面，满是细孔，泡了肉汤吃，更是一绝。

摊完了炉糕，第二天就开始了蒸卷子、蒸馒头——这里人管豆包叫馒头，却管馒头叫卷子。提前几天就开始发面。哪一天做什么一般都是事先筹划好了的，除了摊炉糕需要借用炉糕锅，时间不能定准外，其他的蒸饽饽，只要发起面来，时间就可以预先安排。蒸卷子、馒头都是用白棒子面发起来，再兑进白面和成的混合面团。蒸卷子无什么新意，只说蒸馒头。

豇豆、红小豆、红枣下锅，加水适量，大火烧开，小火慢煮。要控制好火候，待豆粒煮烂，汤也正好收尽。用马勺（木头挖成的饭勺）捣成糊，团成比鸡蛋略大的团，做成了豆馅。外面再包面皮，上锅蒸熟，馒头就做好了。

黏窝窝也极有特色，过年家家都要蒸上一锅。是用黍子面做原料。温水和面，加入煮熟的红枣、豇豆、红小豆。捏成窝窝头，上锅蒸熟即可。这黏窝窝凉了极硬，吃的时候回锅蒸热，却是极黏。一般要用筷子插了吃，用手拿会粘在手上，洗都不容易洗去。

年下的一个多月，早晨不再熬山药粥，而是用小米面熬"茶汤"，就是稀稀的面糊糊。也不用弄菜，每人吃个回锅蒸热的豆馅馒头，吃个黏窝窝，喝两碗茶汤，就是一顿早饭。

六　年饭

腊月十二、十七是大集。这本是方圆几十里有名的集市，到了年集，更是人山人海。赶过年集，也就没有人再去下地出工，都一个心思操持过年的事情了。女人整天忙得不可开交，男人们还略清闲些。

过年的菜肴，是猪肉、白菜当家，少有鸡、鱼，那山珍海味更是无从谈起。有手巧的男人，借用做豆腐的家什，自己下手做一包豆腐，或者下手灌一挂香肠，却也忙活、热闹，增加了过年的情趣。

先说做豆腐。本村有歇业的豆腐小贩，做豆腐的家什还在，村人就借了来用。约出七八斤黄豆，用水泡开。黄豆数量可随家庭人口多少，适量增减。一斤黄豆大约能做出三斤豆腐。泡好的黄豆用水桶盛了，提到豆腐小贩家里，那里有石头磨子。一个人推着，边推边在磨眼里加黄豆和水，把黄豆磨成稀粥一样的豆浆。半桶黄豆，可磨出两桶豆浆。挑回家，过包，滤出豆渣。上大锅烧开。要来卤水，请来把式点卤。做豆腐点卤是关键，点多了，豆腐太硬，不好吃；点少了，豆腐太软，容易散，成不了形。如今街上卖的豆腐脑，制作工艺与做豆腐相同，只是少点些卤水，就成了极软、极嫩的豆腐脑。把式站在锅边，用长把勺子慢慢搅动豆浆，边搅边慢慢淋入卤水。豆浆越来越稠，渐渐呈现块状，点卤即止。饭桌上放高粱秸做的四方框子，铺上布包就是豆腐的模具。把点过卤的豆浆，舀进这模具，上面也盖布包，再盖上高粱葶秆编的盖帘，上压重物。几个小时后开包，用刀子切成块，豆腐就做好了。

豆腐留下近日吃的，其余的要用油煎过，以便保存。把豆腐片成半寸多厚的大片，下油锅煎，翻个儿，待两面都煎到火色，出锅，撒上些许盐末儿，入盆保存。若趁热吃两片，也甚是适口。近年有饭店，为迎合中老年食客，推出了这道菜，起名曰"老婆儿煎豆腐"，很受欢迎。

也有不少人家做冻豆腐。把豆腐摆在盖帘上，夜间放院子里，冻透。再化开，沥去汤汁。晒干可长期保存，近日吃，不晒干也可。这冻豆腐，满是细孔，如海绵。熬肉菜，可切上两块。吃起来与鲜豆腐绝然不同，没吃过的，绝想不到这是豆腐做的。小孔吸满菜汤，吃在嘴里满口生香。细嚼，极为筋道，有嚼头。略有一股混合了豆腥的干菜味。

自己灌香肠也很有意思。先准备肠衣。肠衣就是猪的小肠，极长，有"够不够，三丈六"之说。过年杀猪的人家自然有，没有的要赶集买一挂。用纳鞋底的细绳，套住肠衣的一头，用手慢慢拉动肠衣，满勒一遍，以刮去黏膜。最后只剩下极薄极轻的一层白色薄膜。把山药做的淀粉擀碎，一部分放盆中，用开水泼熟，加瘦肉末、肥肉丁，加肉汤、花椒水、葱姜末、盐，再加上剩余的淀粉，搅成稀糊状。把备好的肠衣套在大漏斗上，用饭勺舀了稀糊，慢慢灌进去，灌满二尺，截断肠衣，两头扎在一起，成环状。肠衣要留二寸左右的富余，因为稀糊加热后会膨胀。一挂肠衣可灌完一盆稀糊。

大锅添水至七分满，烧火到水将开，下灌好的香肠，再烧。切不可把水烧开，以免香肠胀破。用半开水慢慢煮两顿饭功夫，中间翻动两次，香肠已由白色变成栗子色。捞出即可食用。

有讲究的人家，还要熏制。用砖砌成锅盖大小的圈子，放锯末，点燃，圈子上放铁篦子，摆煮熟的香肠，上面再扣有洞的破锅。让锯末的余火、烟慢慢熏烤香肠。过一会儿，掀开锅，翻动香肠，盖上，再熏烤。直至香肠吱吱冒油，颜色变为金黄色，即大功告成。

整个过程，总有孩子们围在一旁，或站或蹲，不错眼珠地盯着大人的动作。香肠出锅,先每人掰下一截,解解馋,捎带学了手艺,准备将来自己做了爹,也摆弄这东西。

自己制作的香肠,比外面买来的要干净,肉多,口味好。大年初一,起五更,吃饺子之前,切上一盘自制的香肠,倒上一小碗白酒,父子、兄弟几个,轮着喝了,再吃饺子。这在村里已是上等人家。

洗　澡

　　村子里没有专用的洗澡设施。生活用水都是从砖井里打了，挑回家，很费力气，因此，人们用水大都十分节俭。那时的洗澡，远不能与今天相比。只有到了那村外的小河、水坑方可尽兴一洗。

　　早在20世纪60年代初,村南的小白河里还有流水。到了夏季，每天中午、傍晚，下工的男人，放学的男孩子们，都脱光了，扑到河水里洗个痛快。河水最深的地方不过齐腰，浅处没膝。河底淤满了细砂，脚底踩上去，极是柔软。人们或站或蹲或躺在水里，那清凉的河水静静流过，轻柔地冲击着人们皮肤，那种滋味简直无与伦比。人们入了水就不想再出来。每到星期天，男孩子们会整天泡在水里，或狗刨或仰泳或扎猛子或打水仗或摸小鱼小虾。夏天的小河里才是男孩子们真正的天堂。水湿的身子，被烈日晒过，浑身黝黑，用指甲一划一道白印。大姑娘小媳妇们下河洗澡，要成帮结伙，等到了晚上，找僻静的河段，悄悄脱衣下水。可一入水，也就"疯"了，撩水嬉闹，叽叽呱呱，声音传出很远。

后来小河干涸了。

村口有两个大坑，一场暴雨过后，雨水卷着宅院里、大街上的垃圾草末，都汇集到这大坑里。稍稍沉淀后，这水还是要比河水浑浊许多。出于无奈，男人们也只有到这坑里洗澡。孩子们却不管那水脏或不脏，只要有机会，就泡在坑水里，照样玩耍尽兴。女人们却再也享受不到在天然环境洗澡的畅快了。

当地离大河流甚远，没有游泳这个概念。下小河游泳即称洗澡。多是游泳兼了洗澡。男孩子们把戏水也叫洗澡，却在戏水中不知不觉就学会了游泳。在小河里、水坑里洗澡，人们都不带毛巾，洗完上岸，晾一晾，身子被风吹得略干，就穿上唯一的大裤衩。孩子们上岸后要跑两圈，这样干得快些，称之为"跑干"。河边、坑沿大都是黄泥地，出水后脚上会沾了泥。穿了裤衩之后，再拎起布鞋，先磕一磕，倒掉鞋里的泥土，再找略平缓的水边，一只脚蹬在岸上，另一只脚伸在水里，来回摆两摆，涮掉脚上的淤泥，出水略甩一甩，穿上一只鞋；然后换一只脚再洗。这金鸡独立的洗脚方式是年轻人的专利，上年纪的人就要蹲下洗了。

大坑只有暴雨之后，才有积水。因此不少的时候，人们只有在家里洗澡，这就不方便多了。年轻的夫妻，孩子尚小，还略好一些，晚上舀半盆水，在院子里脱了衣服，蹲在几块砖上，先从头、脸开始，逐次往下洗。脊背要用粗布手巾勒过，到最后洗完了脚，端起半盆浑水，从胸口处猛地倒了下去，"哗"的一声，狠劲爽快了一把。

人口多、关系复杂的大家庭，洗澡就更为别扭。多是女人在屋里洗，男人在院里洗。仅有的一两个脸盆，轮流使用。衣服也不能脱光，穿了小裤衩，用手巾沾了水，浑身擦一遍了事。

每逢下雨，男孩子们要脱光了身子，在自家院子里尽情淋一通，洗一把这天然的淋浴。

夏天过去，天凉了，水也凉了。人们也就极少洗澡了。爱干净的青年男女，隔半月二十天，在大锅里烧些热水洗一次。先舀出少半盆热水，把头发沾湿了，倒些洗衣粉在手掌，在头上搓了，用盆中水洗过头遍。倒掉脏水，换半盆新热水，再把头发漂洗一遍。之后，用漂洗头发的剩水，略擦一擦身子，再用来洗脚。

那不讲究的人家，早把洗澡不当回事了。个别邋遢至极的人家，秋、冬、春三季过去，一次澡不洗，也是有的。

穿　衣

　　说穿衣，要先从光屁股开始说起。困难时期，男孩子从生下来到上学，夏天一直光屁股；女孩子也要三四岁才找条裤子穿上；就是上了小学，男孩子在家也继续光屁股，上学了，把一条裤衩装在书包里，等走到学校门口再穿上。放了学，刚出学校门口，呐一声喊，又一齐把裤衩脱了，走在街上的是一群光屁股背书包的坏小子。孩子们夏天光屁股是很惬意的，也正好省下二尺布。

　　天凉了，日子整齐一点人家的孩子，开始穿上一层面一层里的夹衣，衣裳面还可能是新布，里子肯定是拆旧衣服的旧布了，旧布有旧布的好处，它柔软，挨着肉感觉舒服。孩子太多，日子凑合的人家，没有夹衣，天凉了也只有抗着，再冷抗不住了就穿棉裤、棉袄，有的孩子甚至连棉裤都没有，冬天光屁股穿一个大棉袄，走路就是跑，不跑了就蹲下，一蹲下大棉袄连腿带脚就都盖严实了。冬天熬过去，天一热，棉裤、棉袄一脱又是光屁股。

说完了孩子说大人。夏天，男人和略上几岁年纪的女人都光膀子，那脊梁都是晒得黝黑黝黑的，在庄稼地里干活儿，大庄稼（高秆作物，如高粱、玉米）的叶子很锋利，但划在这样的背膀上，如同碰上了铠甲。女人的乳房也不似如今内衣广告上那般饱满。就是这样的乳房，对自己的幼儿依旧充满吸引力，女人坐在那里做针线，孩子随手揪起娘的乳房使劲地吮，却吮不出奶水，只能做了玩具。

饿肚子的年月，衣裳基本用来御寒，遮羞功能降到了最低的限度，直到吃饱了饭，人们才想到衣裳的装饰作用。

这一带是产棉区，收获的棉花要交售给供销社，按政策每人可分几斤"自留棉"，用来解决穿衣问题，这是 1962 年以后的事情了。生产队有轧花坊，人们把自留的棉花拿去加工成"穰子"，在家里纺成线。当时的妇女都会用手摇纺车纺线，手巧的妇女纺出的线，又细又匀。纺线费时间，大多是晚上，点着小小的油灯，半夜半夜地纺。据说有巧妇，在纺车的锭子处插一只香火，不用点灯就能纺。线纺完了，求人织成布。村里有几户人家有脚蹬的织布机，织一匹粗布收两元钱的加工费，关系密切一些的不收钱，送个人情。粗布幅宽二尺多，厚厚的，略有些小疙瘩，做了新衣穿在身上有些刺痒，等洗过两水，疙瘩没有了，布丝里泛出一层绒毛，再穿上就舒服多了。洋布普及以后，还有村人用洗过的粗布做被子里、做褥单子，说冬天这样的被窝不凉。

经常有摇着拨浪鼓染布的外村人过来，收了白布，过几天再送回染成黑、蓝两色的粗布，上年纪的人穿黑色，年轻人穿蓝色。春、夏季，人们都是着或黑色或蓝色的裤子，不染色的白褂子。下地、收工，一群人走在一起，倒也整齐好看。

最初都是手工针线缝制，样式也简单。传统的便服中，上衣的袖子前、后襟是一块整布裁下来，前面缀手工盘制的疙瘩纽扣。裤子的腰围尺寸特大，穿上以后，要把富余的部分折叠起来，用一根布腰带扎上，俗称捻腰裤。有些上年纪的人，竟不用扎腰带，把折叠起的裤腰往下一卷，就固定住了。这样总有些不稳妥，有时肚子一收缩，裤子会自己掉下来。有一次，一对中年夫妻在街上搂着厮打，一群大人、孩子围观，那丈夫的捻腰裤子竟一下子脱到了脚上，围观的妇女一哄而散，剩下的男人笑破了肚子，夫妻的战斗也因此停止。

到六十年代中期，村里两个心灵手巧的妇女，无师自通用起了缝纫机，为青年人加工三个口袋的制服褂子，带裤袢、紧腰的制服裤子。虽然布料还是以粗布为主，但毕竟是一次服装的革命。再往后，华达呢、斜纹等洋布料逐渐走入生活，的确良、的卡等化纤布料也偶有出现，但蓝粗布裤子、白粗布褂子的典型服装，到七十年代还是主流。

自纺自织的粗布，远不如后来的化纤布料结实，所有的衣裳，穿到后来没有不打补丁的，肩部、肘部、臀部甚至要补丁摞补丁，这也成为当时的一景。

兄弟、姐妹之间的衣裳可互穿，老大穿小了，老二穿，下来还有老三、老四继续穿。

衣服实在不能穿了，洗净，拆成布片，拣结实一些的作补丁继续缝在衣服上。剩下的刷成"夹纸"，即一层层旧布用糨糊粘在一起，有两毫米厚，贴在墙上晒干。夹纸是家里做布鞋的主要原料，配上鞋面做鞋帮，数层叠在一起，衲成鞋底，鞋帮缀在鞋底上，一双千层底的布鞋就成了。那时没人买鞋穿，都是穿自做的布鞋，新媳妇过门，要给婆家的家庭成员每人做一双布鞋，以示恭谨，却也展示了自己针线活的手艺。布鞋穿烂了，街上来了收破烂的小贩，换成几枚钢针，又有了做针线活的工具。

纺线、织布虽然费力费时，粗布的价值实现得倒也充分，"粗布"若有思想，当含笑九泉了。

睡 觉

一

睡觉就其内容而言，并无多少新奇，但由于当年生活艰难，还有生产活动的特殊需要，人们在睡觉上也多有不合"常规"之处。

当地流行一明两暗的住宅结构，正房一般只三间，其中有两间卧室。大多是两代或三代人的家庭，那时候还没有推行计划生育，一家有五六个孩子极平常，七八个孩子的也尽有，房子普遍不够住。夫妻俩与年龄小些的孩子睡一间屋，大了的男孩子或女孩子另睡一间，或与爷爷奶奶共睡一间，多有年龄大了的孩子在家里安排不出卧室，需要去街坊邻居家串门睡觉。好在邻里关系都处得好，去串门睡觉的人无须抱有歉意，接收的家庭大都心甘乐意。都是找年龄差不多的同性玩伴同炕而睡，土炕面积大，五六个人睡在一条炕上也不会太挤，孩子们喜欢热闹，常有几家的孩子凑到一家睡觉。若几个男孩子到一家睡，这家的女孩子就要出去到别家找住处，如此一来，几个家庭的孩子凑在一起，"合并同类项"，解决了几家的住房困难，几户人家还因此如同一家一般，其乐融融。孩子们大多要等长大了，家里盖了新房，男孩子说上了媳妇，临结婚才搬回家住，女孩子也要等找上婆家，到出嫁才回家。

一铺大炕，铺一张苇席，苇席下面有一层滑秸，孩子们就在光席上铺被褥睡觉。铺时间久了的苇席，蹭得极光滑，夏天有人不铺褥子，光身躺在席上，很是干爽，只是第二天早晨起来，脊背上会印满苇席的花纹。人多了要横排着睡，头枕炕沿，脚蹬南墙，一个挨一个。早晨起来把被褥卷成卷摆在脚头，晚上捯开就又是"被窝"，很是便利。睡觉的人少，也可以顺着睡，两人并排，一条炕能睡两排四个人。男孩子独处时大多老实，几个人凑在一块就要调皮捣蛋了，睡前打逗笑闹，声震屋顶，直到另一间屋的大人喊话制止，这才静下来睡觉；夜间有人起来撒尿，回来叫醒他人："走，扒瓜去！"其他人顿时来了精神，拿上口袋，悄悄出门，直奔瓜园。女孩子们文静，不似男孩子淘气，但几个人在一块也总是叽叽喳喳说个没完，有些不肯与母亲说起的心思，与小姐妹们却尽可吐露。年龄略大些，就开始在灯下学做针线活，纳鞋底，缀花鞋垫，都带到睡觉的地方，睡前几个人凑在灯下做一会儿。这些针线活大都是做给自己家里人的，一般不给外人做。有小伙子看上了哪个姑娘，以求她缀个花鞋垫为名试探，若姑娘答应给做了，就表明有了几分意思。

开学的几个月，孩子们晚上要带着书包过去，大炕上放饭桌，几个孩子围在四周，桌子中间一盏煤油灯，写完作业再睡觉；放了麦假、秋假，晚上会把柴筐、耙子带到睡觉的人家，第二天早早起来，几个伙伴一同下地拾柴火。孩子们每天只在自己家里吃三顿饭，跟父母在一起的时间，远远不如跟小伙伴们在一起的时间长。姑娘们大了，多会嫁出村去，从此再难见面，只有每年的清明节、七月十五、十月初一，回娘家上坟烧纸，才彼此相见了，那才叫亲热！有说不完的话。小伙子们长大了也可能各奔东西，尽管他们表达感情的方式更深沉，彼此的社会地位也有了差别，但这种儿时结下的情义也多会保持一生。

二

麦收季节，麦子上了场，夜间需要看守，小伙子们就要到打麦场睡觉。此时天气干热，在场上随便铺上一抱碾过的麦秸，再铺上被褥便可睡。碾去籽粒的麦秸就是滑秸，浅黄色，有香味，极适合铺着睡觉；不仅村里家家用来铺炕，就连县城机关、工厂的宿舍里，也多有用来铺床的，用旧包装布缝成床板大小的口袋，把滑秸装进去，拍平后铺床上，其弹性不亚于现在的席梦思垫子，还极保暖，冬天睡在上面，越睡越暖和；

缺点是床面总弄不平整,欠些美观,年轻姑娘们宁可身子受些委屈,也不肯铺它。

看场不需队长安排,谁愿意来都可以。此地的房子墙厚窗小,极保温却欠通风,夏季白天屋里阴凉,但到夜晚,屋里的热气久久不能散去。在场里睡觉比在屋里凉爽得多,睡一个晚上还可以挣一分工,因此,队里没结婚的小伙子们差不多都会来,整个场上横七竖八睡满了人。这真正是天当房地当床,劳累一天的身子仰面躺在厚厚的麦秸上,望着满天繁星,新麦秸的香味阵阵扑入鼻孔,偶尔一丝凉风拂过面颊,那真叫惬意!有平时谈得来的人,特意睡得近一些,临睡海阔天空扯上一通,扯兴奋了,没了睡意,竟一直说到夜深。此时已是鼾声四起,各处放屁、磨牙、说梦话的声音尽有,哪个胆大的窃贼还敢来这里偷盗?

妇女、孩子们也不肯闷在屋子里,吃过晚饭,擦洗过身子,在自家院子里铺上麦秸打成的苫子,上面再铺褥子,大人孩子都躺在上面,仰面看着天上一条从东北到西南的星带,这是传说中的天河,天河左边有一颗极亮的星,是织女,右边有排成一线三颗星,是牛郎，远处还有排成菱形的四颗小星，是织女的织布梭，女人有一搭没一搭地摇着芭蕉叶扇子，给孩子们讲着不知讲了多少遍的牛郎织女的故事，孩子们看着听着不知不觉就睡着了。睡到半夜，院里有了轻露水，屋里的热气也散了，女人抱起小的孩子，喊起大的孩子，再搬回屋里睡。那半大孩子如何能叫醒？迷迷糊糊被大人拉进屋里，到第二天早晨睡醒了，竟不知是怎样进屋的。也有人家的孩子，无论如何叫不起来，会在院子里一直睡到天明。

天刚亮，远近的鸡鸣狗吠、嘈杂人声，早早就把麦场上、院子里睡觉的人们吵醒了，在室外睡不成早晨觉。场上的小伙子们穿衣起来，把被露水打潮的被褥搭在肩上，先送回家，晾在院子里的晒衣铁丝上，然后再去集合上工。

麦子脱粒扬场完毕，公粮送到了粮站，籽种入了库房，口粮分到社员家里，场上光了，不需要看守了，但一些人仍每天晚上来这里睡觉，只图这里的凉爽、这里的热闹。一直到下了透雨，地面湿了，露水重了，人们才无奈搬回屋里睡。

卷二　民俗志

男婚女嫁

1960 年刚过，冀中平原上的人们勉强吃饱了肚子，因此那时的婚礼极简单。嫁女叫"送闺女"，找两三个略见过世面的男女做代表，用生产队的大车，套上畜棚里最体面的骡马，把闺女送到男家。大车临时打扫一下，铺上被褥，用竹条子和蓝布支起简易车顶棚。

男方准备两桌八盘八碗的大席，亲朋、乡邻等一群人在家等候，听到村口有了鞭子响，赶紧跑到大门口迎候。一般婚礼都在早晨天不亮的时候进行，对方车来了看不见，只能听。女方的赶车人到村口就先甩鞭子，弄些响动通知男方。新人进门，拜了天地，男女分别入席，男席有男陪客，女席有女陪客，席间说些套话，但注意力还是在吃上，有"吃一席饱一集（五天）"之说。

酒足饭饱，女方代表打道回家，男方的陪客边送边说，吃得不好回去说好啊，这个"吃"是广义的，包括了吃喝招待等婚礼细节。女方来人应着"挺好挺好"。他们回去要马上跟女方父母汇报婚礼情况，一般只说好话，不说坏话，即使有些不满意的地方也不会说出来。过一天小两口回门，一场婚礼就结束了。

女儿不愁嫁，儿子找媳妇却有大困难。是当年出生人口的性别比例不平衡？不是。这批人出生的年代，要不要孩子都不由人。1945年以后，这一带一直是解放区，没再发生战争，年轻夫妻，除了吃饭、干活就是睡觉，睡觉就会生出孩子。一般十八九岁结婚开始生，一直生到女人断经，两年一胎，总要生十几胎，只是那时候的孩子夭亡的比例很大，但一对夫妻成活五六个孩子极为平常，成活十来个也是有的。这批人长大了，需要男婚女嫁了，出息一些的女儿，想方设法找城里的男人，女儿找上了城市的婆家，是全家人的体面；差一点儿的也要在集镇找婆家。闺女们"飞"了一部分，小伙子找媳妇当然就困难了。

男女恋爱好像是大逆不道的事情，只有不正经男女才会如此。青年男女整天在一起参加集体劳动，却没有公开谈恋爱的，眉目传情、打情骂俏的大概有，但很少有实质性发展。就是有某对男女，从秘密相好发展到恋情败露，女方父兄以为是奇耻大辱，纠集亲朋找到男方家里，见人打人，见家什砸家什，当然男方家人听见风声早就躲了，所砸家什也无非是锅碗盆瓢，值不了几个钱，但结果却是棒打鸳鸯两离分。只有极为坚定的男女，一气下了关东，过若干年，抱一个孩子领一个孩子回来，孩子在母亲调教之下，见了母亲的父兄，叫着"姥爷""舅舅"，开始不应，叫不了三次，便扭扭捏捏答应了，从此亲戚终究是亲戚了。

如此氛围下，一个男人看上了一个女人，托媒人说合有可能成功，但自己过去求爱，十有八九会碰钉子。没有些胆量的女子，是不敢偷吃禁果的；更有酸文假醋的，为向世人证明自己的正派，竟将追求者做了牺牲品。有一个略识几个字的小伙子，借了姑娘的小说，还书的时候在书里夹了一个求爱的纸条，几天没有回音，小伙子找机会问姑娘，结果姑娘翻了脸，抡起手中的铁锨就打。当然不是真打，若真打，一锨下去小伙子不死也伤，现在只是用铁锨平"拍"肉厚的部位，抡得圆，拍得响，却不会有什么严重后果。小伙子见势不妙，撒腿就跑，姑娘还举着铁锨追了一程。这件事成了轰动一时的新闻，小伙子很长时间在众人面前抬不起头来。

恋爱是盲目的，讲的是投缘分；经媒人说合，是理智的选择。选择就要有比较，比较就要看条件，首要的条件就是要有房子。为每个儿子盖上一套房子，成为对父母的最大考验。一个家庭有几个儿子，就要盖几处房子，等盖齐了房子再找媳妇，往往儿子的年龄就太大了。头脑活泛一些的父母，托媒人说媳妇，先承诺把现有的房子给大儿子，等大儿子结了婚，再操持给二儿子盖房找媳妇。这样就变通成盖一套房子找一个媳妇，比一总盖齐了再找媳妇难度就小多了。不过这样做也有风险，前面的儿子娶了媳妇以后，之后的房子也有盖不成的。盖不成怎么办？只有翻脸不认账，撕毁原来的承诺，由此招来长期的家庭混战。

不少的兄长成了弟弟们婚姻的奠基人、牺牲者。帮助父母盖房子耽误了时光，婚龄已过，更是求婚无门，因此村里留下了百十条光棍。实行责任制以后，日子活泛了，陆续"来"了一批外地女人，这些光棍总算找上了媳妇。

走亲戚

　　每到走亲戚的时节，村外大道上常走动着挎红包袱、带孩子的妇女，成为一道田园风景，地里耕作的男人们，远远就仰起脖子观看辨认。每年的清明、农历七月十五、十月初一，还有已故长辈们的忌日，是上坟烧纸的日子，出嫁的闺女们一般要回娘家上坟；年前要回娘家送年礼，大年初二还要回娘家拜年。娘家看闺女，一般是麦收、秋收过后，地里农活儿不多，囤里也有刚打下的粮食，老娘就要去看望出嫁的闺女了。

　　农家结亲的半径不大，一般都在本村十里之内，步行最多半天时间。妇女孩子们早晨出发，中午在亲戚家吃顿饭，下午就能回家。那时走亲戚的礼物比较单调，大都是特意做的白面饽饽。种类单一，花色就要尽量弄得丰富一些：或以豇豆、红小豆、大枣熬成豆馅，蒸成豆包——这里人称作"馒头"；或用时令蔬菜掺些肉末做馅，包成包子。

走亲戚最有特色的礼物是"花糕"，用裹了大枣的面团蒸成，形制恰如今日的生日蛋糕。手巧的妇女会在面团上捏出各种花样造型。看望新出嫁的闺女时，要面子的人家会在做花糕上花大心思，特意请两个有这种手艺的妇女来家里制作。先把直径一尺左右的面团主体安放在笼屉内，用鸡蛋大小的面团，捏成鸟形、鱼形，乃至老虎、花卉等形状，甚至还配以面塑的山水。用竹签、木梳加工出细部线条，小豆安作鸟兽的眼睛，鸟翅膀上的羽毛、老虎身上的花纹，都可以做得惟妙惟肖。蒸熟出锅后，还要描上红、绿诸色，简直是件精美的艺术品，让人反复欣赏把玩，不忍掰开吃下肚子。

蒸熟的面食颜色都稍发黄，出锅后要趁热用硫黄熏白：在炕上放一个高粱葶秆做的大盖帘，上面码了一层一层刚出锅的饽饽，中间放一个盛着几小块硫黄的小盘子。点着硫黄，就会冒起一层蓝色的小火苗。扣上大笸箩，之后再用被子捂严实，一顿饭的工夫就熏好了。这种熏过的馍馍，表面雪白，吃起来有一股淡淡的硫黄味儿，那时人们条件反射，闻到硫黄味儿就会联想到大白馒头。馒头、包子不像花糕那么费心装饰，但也要点个大红点。这些面食统称"花馍馍"。

那时食物短缺，娘家准备花馍馍是件大事。一次，队长的老娘准备出门看闺女，蒸的花馍馍里有几个羊肉馅包子，出锅后才想起来馅里忘了放盐。思来想去，急中生智，用筷子把包子扎一个洞，灌进些盐水，伸进筷子略搅一搅，勉强凑合过去。闺女两口子还没跟公婆分家，老太太因此提心吊胆，怕亲家吃出异样。事过之后，悄悄同闺女说起，母女大笑一场。

走亲戚带的食品里，还有一种叫"饹炸"：白面团里放了盐，擀成极薄极薄的片，表面沾上芝麻，烙得酥脆，嚼在嘴里"嘎巴嘎巴"响，奇香无比。还有"馓子"，是在面粉里加少许盐、糖揉成硬面团，擀成二寸来宽、半尺长的薄片，中间一刀刀切成条，四周还连在一起，炉箅子一般，下热油锅炸脆，口感略似天津的大麻花。

食品准备完毕，装在一个特制的柳条笸箩里。这笸箩一般有一尺二见方，高七寸，里外涂了红漆。闺女出嫁，嫁妆里都有这样的笸箩。笸箩里的花馍馍必须装满，最好装得冒尖，有时花馍馍准备得少，自家的笸箩装不满，就要到邻居家借一个尺寸略小些的笸箩。闺女回娘家，娘家有嫂子、弟媳；老娘看闺女，闺女家有公婆，所以礼物要尽量体面些。笸箩装满，用红包袱皮严严实实包了，挎在胳膊上，带了孩子出门。

家里来了亲戚，午饭要特意准备，但也就是烙白面饼，炒几个鸡蛋。若时间充裕，也有包顿饺子的。一般不会吃亲戚带来的花馍馍，那样会显得自己日子过得紧巴。吃饭时，一家大人、孩子都上桌，大人们边吃边说些过日子的闲话，孩子们却眼睛只盯着盘子里的炒鸡蛋，嘴巴一刻不停地忙活。

走亲戚、家里来亲戚，都是孩子们最高兴的事情。或跟娘回姥姥家，或跟着奶奶到姑姑家，家里准备礼品时，得机会就能吃上一两个花馍馍；走亲戚那天早上要洗脸，穿最新的衣裳，中午还可以敞开肚皮吃一顿白面饼炒鸡蛋。家中来亲戚，更是大喜事，除中午跟着大吃一顿外，亲戚带来的花馍馍还能断断续续吃上几天。当地人把来家的亲戚称作"戚"，刘爷庙一带方言读阴平声（qiē），县城口音则是较弱的去声（qiè）。在街上玩的孩子，隔老远看见自家亲戚来了，会飞跑回家报告；看见别人家的亲戚来了，也会跑到人家高喊："你家来戚了！你家来戚了！"之后又拐回街上迎接，一群孩子簇拥着亲戚走到家里。亲戚进门，一般会立即解开包袱，拿出两个花馍馍掰开，分给围在跟前的几个孩子。孩子们嚼着馍馍，领了外村的孩子出去玩耍。

乡间隔上三五里，方言口音就有不同，当地称为"侉"。甚至有大村子，村东头人说话口音与西头人就有差别。外村的孩子说话侉，有人会故意学他说话，逗得小伙伴们大笑。这些口音差别当地人分得很清楚，一听大体就知道是哪个村子的人，但几十里之外的人就听不出来了。

亲戚们吃过饭回去，带来的笸箩不能空着带走。闺女到了娘家，自然有娘操持捎回去的礼物；若是娘去看望尚未分家单过的闺女，那就要由闺女的婆婆操持了。一般带来花饽饽要在笸箩里剩下几个，再添上一些家里现有的吃食，比如别的亲戚带来的花饽饽、午饭剩下的白面饼。实在没有什么了，装上些瓜果也可，总之应该把笸箩装满。

过去的传统，婆媳关系等级森严，婆婆对媳妇说一不二，甚至婆婆虐待媳妇的家庭也是有的，一些富裕之家尤其明显。但到了20世纪60年代以后，男孩子找媳妇极其困难，加上政府关于新婚姻家庭关系的宣传，媳妇在婆家的地位已经大大提高。一些兄弟多的家庭，对娶进门的前一两房媳妇，一家人都要小心敬奉着，婆媳关系整个颠倒过来了。为此，很多婆婆转不过这个弯来，当年自己作媳妇受委屈，盼望当了婆婆找补回来，如今当上了婆婆，却仍然是受气的角色。走亲戚的礼物也悄悄发生了变化：以前娘去看闺女，礼物要尽量体面，显示一下娘家的优势，借以提高些闺女的地位；往回带的礼物，婆婆则随意打发了事。后来，娘家的礼物随意些了，婆家的回礼却重了许多，一般估计亲家母快来了，婆婆还要事先准备好给亲家的回礼。

拜　年

　　在生活最困难的时候，还不记得有人拜年。以后吃饱了肚子，这传统风俗就慢慢恢复了。此地拜年，根据远近不同的亲属关系，在时间上有些讲究。

　　大年初一起五更，煮熟饺子，端上桌，不能吃，要先给长辈拜年。先是爷爷、奶奶坐上炕头，晚辈们跪在炕下的地上，俯身低头；之后，父母也坐上炕去，儿子、媳妇们再跪拜一番。只见儿孙们磕头，却不见有压岁钱拿出来。没有结婚的闺女，在娘家不用拜年。一番跪拜完毕，一家人才围上桌吃饺子。年轻人大多不会正经磕头，只是跪在地上做做样子。炕上的老人也不认真计较。据说早年间，男人在十几岁结婚之前，要专门请师傅学磕头，名曰"演礼"。后来饭都吃不饱了，哪还有心思学这些虚套？

吃完饺子，开始出门拜年。一般是一个家族里没出五服的兄弟们，凑成一群，先到本族辈分最高的老人家拜年，然后依辈分逐次拜下来。最后也到别姓家族的老人家拜一拜。也有只自家兄弟几个甚至有独自一个人串家拜年的。这好像没有什么特别的讲究。只是凑成群，显得家族人多势众而已。

族里几家有辈分高的老人的家庭，要早早吃过饺子，把饭桌收拾了，擦干净，摆上糖果、纸烟。炕下的地面也打扫干净。老人端坐炕头，只留下长子在家，招待前来拜年的人群，其余的子弟也要出门给别家长辈拜年。来了拜年的人群，在院子里就高喊，"拜年了！"儿子赶紧迎进门，口里客气着"来了就算了，别磕头了"，身子却闪在一旁。人群打头的某个人说着"先给俺老爷爷磕"，众人跪倒一片，前面的人是认真跪倒磕头，后面也有略蹲一蹲做做样子的；起来，再说"再给俺老奶奶磕！"，又跪倒一次。炕上的老人们嘴里也客气着，只是身子稳坐不动。拜毕，家中的儿子，给众人散糖果、纸烟，众人也不多停留，扭头又奔别家。老人要掰着手指头记着，哪支的子弟来过了，哪支的子弟还没来。

拜年的人，在街上遇到远房的长辈，也有就地跪倒磕了头，就少跑一家的。也有到了某家，家里只有老太太在家，老汉也出去拜年了，先给老太太磕了头，然后再磕，嘴里说着"给俺爷爷也磕了，在这放着吧"。那些在家接受拜年的老人，如果家族里还有比自己辈分高的老人，要提前过去，拜了别人，再回家来，上炕等别人拜。

大年初一的整个上午，街上满是拜年的人群。人们忙忙碌碌，并不比平日里干活轻松。即使如此，也会有落下的人家，回家吃过午饭，下午再查漏补缺。

正月初二，是串亲拜年的日子。结婚不久的小夫妻，要回娘家拜年。没结婚的小伙子们，要结伙给出嫁多年的姑姑、姑奶奶们拜年。这些亲戚有不少是外村的，一般中午不回来，要在那里吃一顿白卷子、熬肉菜。娘家人丁兴旺的媳妇、婆婆们，这一天虽然忙活，却也格外高兴，这是显示娘家人势力的机会。

这拜年，是家族内、亲戚间、乡邻间相互走动、联络感情的方式之一。平日里，晚辈与长辈有些龃龉，趁机会过去磕个头，一般也就恢复了关系。

　　里人拜年，年年如此，已然麻木，多是被动应酬而已。只有准备盖房、娶亲等需要乡邻助工帮忙的人家，要格外重视这个联络感情的机会。更有外出几年的游子，回乡过年，当面对衰老的生身父母，双膝触地的瞬间，那眼里由不得要泛出泪花。

丧葬事

一

20世纪60年代中期，冀中平原上的村民们，刚刚吃饱了肚子，重新开始注重婚丧事的礼仪。那个时候，除麦、秋季节，人们还是比较清闲的，遇到村里有人家盖房、娶亲、丧葬等，乡亲们大都会前去帮忙，尤其是丧葬事，家里再忙，也得抽空前往。

家中有老人病情严重了，一家人就不再出工，在身旁伺候。老人临终一般都是在家里，没有住进医院的。由村里的医生给几个药片，或打两针，再到最后，就什么药也不用了，想吃些什么，家里人尽力操办而已。

街坊们会在中午、晚上过来，帮着守护一会儿，一般不带礼品，更没有送鲜花的。老人的最后一两天，则昼夜不能离人，关系密切一些的街坊们，就整夜在这里，与家人一起轮班守候。老人住的屋子里留两个亲属，其他人在另一间屋子，说些闲话，或和衣躺在炕上打个盹。老人一有动静，马上过来。

等老人咽气，家人放声大哭，众人七手八脚帮忙穿上送老的衣服；把外间屋放案板、瓦罐的木床收拾出来，摆在外屋正中，遗体停放在上面，要头顶北墙，脚朝外屋门口；烧过纸，点上长明灯。外屋凡是能搬动的家什，统统搬到院里，灵床两边的地上铺一层柴草，晚辈家人，按男东女西，分跪在两侧。街坊中的女人们，把预备的白色孝布扯开，粗针大线缝成孝衣，孝子、孝女们陆续穿上。此时，屋里已是一片白色，一片哭声。

儿子们穿肥大至极的孝袍，腰间系白布搭膊，头戴的孝帽是一个简单的白布口袋，下口挽起，前面缀上棉花，两个老人都不在了，缀三朵棉花，若还有一个老人在世，只能缀两朵。脚上鞋子，也用白布蒙了。孙子、侄子们，则没有孝袍，只戴不缀棉花的孝帽，腰系白搭膊，鞋上蒙块略小些的白布。女儿、儿媳们穿白孝褂、白裤子，鞋上也蒙白布；用白布折成长条，箍在头上，曰"孝箍"。孙女、侄女等没有白布裤、褂，只戴孝箍、鞋上蒙白布而已。

若是夜间咽的气，等到天刚亮，儿子们脱去孝衣，来到队长、会计等人家中，不说话，进门就磕头。人家自然知道是老人没了，急忙跟着来到现场。社员们有了盖房、红、白事，生产队的干部自然就是管事的。几个人到齐，简单询问一下事主的意见：比如遗体停放几天之后出殡；通知亲友的范围有多大；丧事想办得体面一些还是简单一些，如此等等。当然也不是每件事都按事主说的办，比如，一般人家都会提出，要把丧事办体面一些，多花些钱也不在乎，尤其是兄弟多的人家，兄弟们大都撑着劲要求把丧事办得最体面。这时，管事的人就要做"丑人"："你们把事情办大了，以后日子紧巴的人家有了事还怎么办？"硬做主把丧事控制在一定规模。事主们表面不满意，内心却大多赞成。

此地风俗，遗体在家停放的天数必须是单数，一般为三天；死者年龄太小，或死者没有直系亲人，也没留下什么遗产，有当天就埋葬的；有儿女在外地，离家极远，短时间赶不回来，个别也有停放五天的。就是名义上停放三天，具体时间也还有变通的余地，比如是夜间去世的，以午夜为界，前半夜算前一天，后半夜算在第二天，当时的人家钟表很少，时间掌握不准确，一家人商量一下，若是想把丧事办得快一些，就说成前半夜咽的气；若想从容一些，就说成后半夜，可以多停放一天。几位管事的清楚了事主的心思，就商量着安排具体事项，分派差使。

某人做纸匠；某几个人送丧信；某几个人挖坟坑；某几个人照应亲戚；某几个人制作、分发孝衣；某几个人盘锅台做饭；还要有几个人跑腿下通知。如此等等。一个人在旁一一记录，商量完，把记录用毛笔誊写在大张白纸上，张贴在院子的墙上，由"跑腿"人再分别通知派到差使的诸人。不论是谁，被派上差使，不能推辞，若家里有急事实在不能来，要自己找人代替。生产队的干部们，唯此时说一不二，权威最大。

街坊们闻讯来了，屋里、院里、大门口都是人，来来往往。老人生前住的房间，作管事人的办公室；另一间屋，炕上放了白布，坐了几个女人，制作、分发孝衣。街坊们来了先吊唁。女人们吊唁要到遗体前，弯腰哭几声，孝子、孝女们陪哭。男人们吊唁复杂一些，屋门前的院子里，铺一张苇席，来人依次站在席边，司仪喊一声"吊孝，烧纸！"在灵前点着两张烧纸，守灵的人们闻讯齐哭，吊唁的人抱拳作揖，嘴里"吼——吼——吼——"高喊三声。据说，古人吊唁口呼"呜呼"，村里人口口相传，逐渐演变成了现在的"吼"。吼毕，跪下，磕四个头，起来，再作揖。司仪又喊"谢孝！"孝子们止哭，头朝外磕头，以感谢亲友的吊唁。

守灵的孝子、孝女们，凡来人吊唁，必陪哭。时间久了，哭的内容逐渐丰富。有人家，出嫁的女儿与娘家的嫂子、弟媳不睦，女儿借机发泄，用一块叠起的白布遮了脸，嘴里边哭边念叨："我那受了罪的亲娘（爹）呀！你活着吃没吃上，穿没穿上，当牛做马苦了一辈子呀！"嫂子、弟媳在一旁听着刺耳，却又无法发作，只有大声干号，以声势压住对方。略知内情的街坊们，听着这你来我往的"哭"声，背地里评判其中的是非曲直。

二

　　接到差使的诸人，根据时间要求，陆续按各自职责运作起来。

　　纸匠是本村普通村民，只是手巧一些，不知什么时候学会了这手艺，村里死了人，都是请他来帮忙做纸活儿，一天管三顿饭，不给工钱。他自带两个徒弟做帮手。买来白纸，先做成"左钱"，按逝者的性别，男左女右，挂在大门一侧，作为办丧事人家的标志。这"左钱"是用草纸裁成三寸宽、三四尺长的纸条，把几十张纸条的一头扎在一起，逝者活了多少岁，就扎多少张纸条。之后再糊纸车马，糊引魂幡，糊哭丧棒，剪"买道钱"等，一直忙活到出殡，才算结束。

　　纸活儿里糊车马最复杂，先用高粱秸绑成骨架，再糊纸做外壳，贴上纸剪的车轮。这车是仿过去富人家载人的木轮"轿车"，车上有顶棚，历史剧中常常见到，只是这里尺寸小了些，大体有多半人高，三尺来长。驾车的马糊得很有些意思，黑纸剪的眼睛，四蹄蹬地，昂头翘尾。赶车人名曰"得（děi）靠"，用彩纸剪成，黑裤绿袄，剪了眉眼。贴在车辕的右侧。而现实生活中的赶车人是在车的左侧。引魂幡也是用高粱秸做骨架，一丈来高，吊长长的白纸条，纸条剪了花边，贴满各样白纸花，还吊了白纸绣球，扛起来颤颤巍巍，很是玄妙。

送信人的任务是到周围的村子，通知死者的亲戚。早些年都是徒步，后来自行车多了，就改骑自行车。一般每人跑一个或两个村子，拿着写了亲戚村名、姓名的白纸条，进村先打听清楚家门，进门不能入屋，在院子里高喊："你家跟某村某某是亲戚吗？"核对无误，才说，某某于某日某时去世了，定于某日出殡。之后掉头往回走。据说，过去曾有送丧信送错了人家，被人打出来的。外村的亲戚们，接到丧信，一般当日就来吊唁，领了孝衣即回去。等出殡那天再来，送供品、送葬。

死者若是老太太，其娘家人是极重要的亲戚，血缘较近的兄弟、子侄们都要前去。到了那里，吊唁过了，死者的儿子们及管事诸人，要请娘家人看过死者的寿衣、准备的棺木，还要汇报丧事的主要安排，得一一征得同意。对方提出什么条件，要尽力满足。据说早年间，有的娘家人会挑鼻子挑眼，要尽威风，多是认为事主对死者生前不够孝敬，借机刁难而已；经过多年的移风易俗教育，人们大多想明白了，在这里挑人家的毛病，自己家又如何？因此多以理解的态度对待：安排得都很好。人活着的时候都孝敬了，以后孩子们还得过日子呢，丧事花钱太多了没用。也有的挑些无关痛痒的小毛病，就此了事。

死者若有在外地未归的儿女，要尽早派一个人，到十五里以外的南庄邮局拍电报，电文都是事先由村里的文化人拟好，写在白纸条上。抬头是收报人的详细地址、姓名，正文大都相同，"母（或父）病危，速归"，拍电报是按字数收费，当时大约是一毛钱一个字，所以电文尽量简略。人已经死了，怕收报人承受不住，就写成"病危"。

在外面的儿女，收到这样的电报，大体就知道老人已经不在了。立时坐火车，再坐汽车，或直接坐汽车到县城，再叫"二等"。公社到县城的柏油路没修通以前，附近不通长途汽车。当时在县城汽车站附近，专门有一种职业，用自行车载客，就是"二等"。这大概是县城出租汽车的前身。都是骑车架子格外长的加重自行车，在后架上绑一个特制的小木椅子，椅子有半圈矮靠背，下面还垫了棉垫。客人侧身坐在椅子里，包裹绑在车架的另一边。走在崎岖的土路上，颠得肚肠子生疼。从县城到村里，收两块钱。之后，还要走40里地到村子。进了村子，远远看见家门前助丧的人群、门口的"左钱"，禁不住百感交集，放声痛哭。街坊们接住，打发走"二等"，搀扶着进家。家里人听到街上的哭声，大体就知道是外头的亲人回来了，齐声大哭。回来的儿女，看见了父母的遗容，更是哭得死去活来。哭过一会儿，众人上前劝住，家人简单叙述老人临终前的细节，言罢，一家人又哭。有人送上孝衣，穿戴起来，便与家人一起跪守在灵前。

　　到了晚上，孝子、孝女们也不能上炕睡觉，实在困了，或坐或躺，和衣就地打个盹。乡亲们大多也来帮忙守夜。到20世纪70年代以后，人们的日子略有宽余，开始请来说书人，夜间说书；再后来也有请公社的电影队来放电影的。

三

说书的一般是两个人：一个人说唱，还自己打鼓，多是唱西河大鼓；一个人在一旁弹三弦伴奏。书的内容都是成本大套的传统曲目，《杨家将》《岳飞传》等，要连续说。比如之前村里别人家的丧事，也是请的这两个说书人，内容说到了某处，这次就接着上次说，这也是说书人招揽生意的一种手段。

吃过晚饭，院子里吊起桅灯，后来就改成了电灯，灯旁放一张八仙桌，或吃饭的高腿圆桌，桌上放鼓架，架上放鼓，这鼓直径一尺半，厚四寸，响声清越，夜间能传遍全村。为了等人，开正书之前先说一两个小段，多是自编自唱，说些身边趣事，或打趣弹弦人，或自我打趣，逗众人一笑。人多了，开始说正书。先紧一阵慢一阵地敲一通鼓，待众人安静下来，说开场白，之后唱，唱之后又说，一般说多唱少。这西河大鼓的"说"，与说评书的"说"，腔调、风格没有大的区别，也是连说带比画，极生动。只是西河大鼓说过几句要敲几声鼓，尤其是说到情节紧张处，一句话未尽，三声鼓跟紧，说话一句紧似一句，鼓声一阵快过一阵，气氛渲染得淋漓尽致。满院子人鸦雀无声。说到半夜，打住，且听下回分解。说书人吃过夜宵，离家近的连夜回家，路远的，管事的给找住处安歇。

说书的人走了，守夜的人却不能都走。为了熬过长夜，人们找来竹板做的牛子牌（骨牌），在一间屋里推牌九。一个人作庄家，盘腿坐在炕的正中，背后有三两个合伙人，帮着巡风、观注，防备有人捣鬼。里面一圈人坐着压注，外圈围观的人里三层外三层，伸长脖子往里看，也有人从人缝中送进几毛钱，傍着压上一注。压注的人，骨牌分发到手，两张叠在一起，先看清上面一张，下面一张却不急着翻出来，把上面的那张一点一点抹，让下面的牌一点一点显露出来，嘴里高叫："七七八八不要九！虎头来了一对狗！"最后一下抹开，啪的一声，把两张牌拍在炕席上："天罡！"身后的众人跟着长出一口气。过的就是这点儿瘾。

一屋子人吵吵嚷嚷，折腾一整夜。几个文雅些的，另找一副牌，到另一间屋"打天九"或"拱牛"，玩这两种牌，都是四个人，很少说话，闷着头算计。当时政府对赌博控制极严，公安人员、公社干部都经常抓赌，但对丧事守夜赌钱，却网开一面，公社、派出所都不抓。也有惯赌者，专门钻这个空子，打听到哪个村有死人的，出村跑去赌钱，却也给丧事增加了人气。

出殡前一天的午夜，要烧车马，大概是让死者的灵魂提前上路。看看天上福、禄、寿"三星"的位置，估摸着到了时辰，管事的指挥众人，把纸糊的车马搬到大门外的街上，摆好。死者的长子，拉起放在遗体旁的一个谷秸把子往外走，其他孝子、孝女紧跟着。谷秸把子有鸡蛋粗细、三尺来长，据说死者的魂可以附在这上面。一家人哭着来到大门外，把谷秸把子放到"车"上，跪倒在地。一旁的人点着车马，这孝子嘴里大声嘱咐："娘（爹），西天路远，您别着急，慢慢走，慢慢挪，渴了喝口水，饿了吃块饽饽！"说话间，纸糊的车马烟飞火灭。

烧了车马，一般马上入殓。众人把停放遗体的木床移到一旁，在原来位置放两条板凳，抬过棺材，放到板凳上，棺材里面糊了白纸，下面铺了滑秸，滑秸上面罩蓝布。众人七手八脚，把遗体连被褥一起抬过来，安放在棺材里，遗体脚底塞两块包了纸的土坯，防止搬动棺材时遗体上下移动，手里塞"打狗棒"，是一扎粘了小米饭粒的高粱瓢子。放上死者生前喜爱的随葬物，也有撒上几个硬币的。最后检查一遍，确认无遗漏，抬过棺材盖，盖上。此时孝子、孝女大哭，也有孝女手扒棺材，不让盖上的，众人劝阻，再不听，管事的下令，强行拉开。盖好半尺厚的棺盖，用极长的特制铁钉，钉住。

七十年代中期以后，逐渐流行使用水泥棺材。买两三袋水泥，拉来河沙、石子，请本村的泥瓦匠帮忙，两个人一天就能做出来。等水泥干了，外面漆上红漆，顶头漆上斗大的黑色"奠"字，倒也与木棺材看不出多大差别。这东西永不腐烂，还比木棺材省钱很多。只是分量太重，足有一千来斤，好在帮忙的人多，不愁抬不动。改用水泥棺材后，入殓的时间也由前一天的夜间，改在中午出殡之前，那时人手多，入殓之后马上出殡，这样少兴师动众一次。

四

出殡的当天凌晨，要放一通炮仗，此时村里最安静，炮仗声传入家家户户，让乡亲们都知道今天出殡，到时来帮忙。一名族中长者，带一名孝子，抱着白色公鸡，还有负责刨坟坑的一人，一同来到坟地，找准下葬地点，做上记号，烧几张纸。此举名曰"叫门"。意思是通知原来地下的先人们，某某要来入坟了。其实质意义还是在于确定下葬位置。

吃过早饭，请的小戏班、吹鼓手陆续到了。一名管事的负责照应，随手叫几个人，帮助安排场地。小戏班一般在大门外的街上或邻近的空地上撂场子；吹鼓手则在大门口，放一高脚桌子，四五个吹鼓手围坐了，立时吹打一通。

院子里摆上礼桌，两个人坐在桌旁，一人执毛笔，在八开白纸缀成的本子上记录送礼者的姓名、礼金数目、礼品等；一人负责收现金。村里的乡亲们几乎家家都有礼，只是数量不多。多是用白面烙十六个小火烧，茶碗口大小，用大茶盘盛了端来。吹鼓手看见街上有人来送礼，马上吹打，鼓乐声中，有专人接过茶盘，数出八个火烧，倒在大筲箩里，茶盘里剩回八个。收讫，高喊："某某礼一供！"礼桌上的执笔人也如此写上"某某礼一供"。鼓乐止住。也有人家送现金的，多是送五角钱，也写在本子上；亲戚们的礼金要重一些，一般在两块到五块钱之间；女儿们礼最重，有写到十元二十元的。与死者关系相同的亲戚们，大都事先商量一下，礼金数量尽量一致。

亲戚们除送礼金之外，还有送食撺的。这食撺木制，外观圆柱形，高四尺，直径不到三尺，分四层，一层层撺在一起，与蒸饽饽的笼屉很相似，只是这几层"笼屉"要装在一个方框架子里面，架子上端有孔，用来穿担子，由两个人抬着。此地一般婚丧事都有亲戚送食撺。其实这食撺仅是一容器，根据需要，里面可装不同种类、不同数量的食品。事主收下其中一部分，剩下的食品连同食撺，还由来人抬回去。嫁闺女，娘家送食撺，里面装食撺大的白面花糕，几十斤一块的猪肉，压得担子颤悠悠的，两个抬食撺的精壮男人，走一截路，还要停下歇歇。丧事送的食撺就轻多了，一般在一层或两层装几个白面馇馇，一小束粉丝也装一层，还有一两层装了用萝卜刻成的花鸟，都染上红、绿颜色，极有情趣。有人看见抬食撺的来了，立即招呼吹鼓手吹打起来，馇馇、粉丝之类由专人收了，记入礼簿；那萝卜花却被大人、孩子哄抢一空。因此有孩子们特意在村口望着抬食撺的过来，跟随进院，抢上几只萝卜花。

小戏班多是唱河北梆子，也有唱"老调""哈哈腔"的。剧目是熟悉的《穆桂英挂帅》《辕门斩子》之类。演员也是穿上戏装，脸上涂了油彩，尽管演技不算高，却多肯卖力气。观众里外三层，唱到激昂处，叫好声不断。有的丧事，竟请来两台小戏班，同时演出，名曰"对台戏"。哪边演得好，演员卖力气大，观众就多，叫好声也多；往往这边的叫好声能把那边的观众吸引过来；那边的演员马上弄个噱头，引出笑声，又把这边的观众引回去。如此竞争，极为热闹。

这小戏班、吹鼓手有管事的安排请来的，也有亲戚、把兄弟们送的。大体按来的人数付钱，一般每人两块钱，中午管一顿饭，每人发一盒丰收牌烟卷。

出殡这天上午人最多，最热闹。通知到的亲戚们都要来，乡亲们差不多也都要来，管事的跑前跑后，安排出殡的各个准备事项。院里盘了大锅台，灶膛里烧着干柴，前后两个大锅里，冒着白色的蒸汽。几个二把刀厨子，忙着蒸棒子面窝窝头，熬大锅菜。冬、春季熬白菜，夏、秋两季熬自家或街坊家菜园里的时令蔬菜，加些粉条、豆腐。大笸箩里放着租来的碗筷。前两天吃饭的人少，大都是家里的孝子、孝女们，加几个管事的、分到差使的人；出殡这天的中午吃饭的人就多了，除本村有一些临时帮忙的在自家吃外，其余送殡、帮忙的人统统在这里吃饭。

开饭前，管事的要诸项清点：送殡的亲戚是否来齐了；各生产队送殡的马车是否到齐了，按惯例，本队的两辆大车都出动，别的队每队出一辆，有专人负责组织；租的棺罩是否到了；鞭炮是否到了，鞭炮是事先预定，送来后清点数量，出殡时由卖炮人负责燃放，回来再结账。丧事最实质也是最关键的一项准备工作是刨坟坑，春、夏、秋三季还省力气，到冬季，土层冻下一尺多深，要用钢镐一点点凿开。一般要安排十来个壮小伙子办这差使。坑挖成了，在坑的四壁垒上砖套，砖套大小正好能容下棺材，等棺材下葬后，用砖砌上拱顶，拱顶上面再覆土。还有事先预备摔瓦的瓦片、安排烧死者枕头的人、撒"买道钱"的人，如此等等，繁杂之极，却一项也不能丢落。这最为考验管事人，也就是队长的组织能力。

诸项齐备，刨坟坑的人也回来了，管事人看看太阳的位置，安排分批次开饭。车把式、刨坟人、吹鼓手、小戏班等第一批吃；之后是亲戚及其他送殡人、帮忙的人吃；最后是管事的和孝子、孝女等家里人吃。管事的极为重视开饭的时间，是因为吃完饭才能出殡。出殡时间是有讲究的，死者年纪大，出殡时间可以晚些，年岁小的要早一些，死者的父母如果尚在世，出殡时间要在中午之前。

五

饭毕。在大门外放几个"二踢脚"作信号，召集所有人等，在自家吃饭的乡亲们，听到炮声，也急忙放下碗筷赶来。有人把作灵车的大车推到大门口。诸事齐备，管事的一声令下，鞭炮齐鸣，鼓乐大作。孝子、孝女们齐声大哭，长子扛起引魂幡，其他人拥簇着出来，在大门口，长子用力摔碎管事人递过的瓦片。之后，孝子们走到大门一侧、灵车前面数丈地方，跪倒。管事人招呼精壮男人们上前，抬出棺材，安放在灵车上，用绳索固定住。众人大呼小叫，彼此照应。然后在棺罩出租人的指挥下，七手八脚地罩上棺罩。这棺罩有七尺见方，五尺来高，木棍作支架，外面是白布作的罩子，帐篷一般。顶的四周有流苏，四面白布上绣了仙鹤、云朵等图案。之后，孝子中的次子驾起灵车，兄弟、子侄两边护持，其余本族子侄，拉起灵车前的绳索，送殡的队伍启动。

此地传统，扛引魂幡、摔瓦是"法定"职责，只有死者的合法继承人才可以担当此事。若死者没有儿子，生前也没有过继儿子，本家几房的侄子为争扛幡、摔瓦，大打出手的事情也是有的。只是新的法律并不承认这个传统。本村曾有一男人去世较早，本人没有儿子，只有一女儿，死后侄子扛幡、摔瓦办理了后事。女儿长大，在本村找了婆家，侄子过来争家产，理由就是叔父死后他扛的幡、摔的瓦，倒推过去，他就应该是合法继承人。女儿、女婿自然不答应，后来事情闹到公社，管事的人，拍桌子把侄子训了一顿："你扛个幡、摔个瓦就能挣一份家产？那不用干别的了，你就整天扛幡摔瓦吧！"矛盾就此了结。村人当笑话传说这件事，从此，再没有人为这等事争执。不过，没有儿子的人去世了，还多是本家侄子们扛幡、摔瓦，少有女儿、女婿做这事的；只是这扛幡、摔瓦已经与继承家产没有了因果关系。

灵车经过的路线都是事先确定，大多要沿村内主要街道走一趟，送殡的队伍要出半里地，村里的男人们大都跟在后边，到坟地帮助下葬，街两旁是看热闹的老人、妇女、孩子，人山人海。

队伍的最前面是放炮人及车辆。炮有"匣子鞭""喷子""铁筒""沿鞭"等。沿鞭是拇指粗、两寸多长的大鞭，鞭捻编在一起，点着后，一人拉了，顺街往前跑，那鞭就羊拉粪一般沿街甩下，却不立时爆炸，先突突的冒一阵黄烟，满街筒子黄烟弥漫，硫黄味刺鼻，之后陆续炸响，极为震耳。看热闹的人群纷纷闪开。因此多用此鞭开路。匣子鞭是长二尺、宽一尺的木匣子，里面排满拇指粗的炮管，炮管事先装火药，火药上端装大鞭，炮管之间有炮捻相连。喷子与此结构相似。此鞭多在路口燃放，提前在路口摆好几个匣子或喷子，点着炮捻，炮桶里的火药接连炸响，把大鞭催上天空再次爆炸，响声极为紧凑、热烈。与火箭炮原理相似。铁筒其实是极大的二踢脚，直径足有二寸。为了安全，才放在铁管子里燃放。把带底座的铁管子朝天摆好，将大二踢脚点燃放进去，略等几秒，只听惊天动地一声巨响，脑门前一股气浪掠过，那炮仗高高飞上去，过一会儿，才见半空中出现一朵白烟，传来一声沉闷的炸响，余音隆隆传向四方。

放炮人后面是撒买道钱的，买道钱是草纸剪的圆片，茶碗口大小，中间剪一小方孔。撒钱人用筷子把钱串了，沿街向上抛撒。几天之后，还会在街边看到这东西。

之后是吹鼓手，边走边吹打。每到路口，总有人设路祭，在路旁放一桌子，桌子上放一碗水。这时，送殡的队伍就要停下来，前面扛引魂幡的及搀扶的几名孝子，掉头朝灵车跪倒。吹鼓手们站好架势，卖力气演奏一番。每演奏到高潮处，众人齐声叫好。也有请两班吹鼓手的，此时也演对台戏，两班互不相让，使尽了力气。尤其是那吹唢呐的，红头涨脸，两腮鼓起大包，连眼珠子都鼓出来，有时一个长音吹数分钟，中间竟不停顿。招来的叫好一声接一声。

吹鼓手后面是几个身披孝衣的女婿，女婿后面就是扛引魂幡的孝子，再后面就是灵车，孝女们紧跟灵车后面，再后面是送殡的一溜十几辆大车，亲戚们大都坐在车上，等出了村，孝女们也要坐上车。

孝子、孝女们都要沿街放声大哭。这是丧礼的要求。只是已经连哭了两三天，多已麻木；若去世的老人年岁已大，再是久病在炕，这哭就纯粹化作程式。孝女们用叠成方块的布，遮住脸，嘴里几句车轱辘话来回数叨，数叨一通后再长长地干号一声。孝子们或扛幡或驾车，两只手都有事做，嘴里哭声也不能停，弯了腰，低了头，眼泪、鼻涕、唾沫三流合一，直拖下来，有半尺多长。眼泪少了，鼻涕、唾沫补充，别人也看不出究竟。有平日里开玩笑的伙伴，趁机悄悄骂他两句，或偷偷踢上一脚；孝子无奈，只有事过再寻机报复。

　　有正当盛年的人突然去世，情况就大不一样。上有年老的父母在世，下有幼小的孩子，家人塌天一般。前面几岁的幼子被族中兄长们帮扶着，扛了高高的引魂幡，灵车后是哭死哭活年轻寡妇。满街人无不陪着拭泪。

六

　　送殡的队伍出了村，鞭炮不放了，鼓乐歇住，哭声也停了，孝女们坐上大车，行进速度快了许多。路过路口、桥梁等处，前面有人再烧两张纸、撒几个买道钱。

到了坟地，孝子、孝女们离坟前数丈远跪倒，大哭。有人卸下棺罩，在棺材下面穿上大绳；此时众人一齐上前，或肩背大绳，或直接手抬，个个使出浑身力气，大呼小叫，从车上卸下棺材；然后将其挪到坟坑，管事的指挥，众人彼此照应，一点一点地放手中大绳，把棺材慢慢送入坟坑。抽出大绳，把"左钱"放在棺材盖上。管事的拿着拆开的香烟，散给每人一只，抽烟的人点着抽上，不抽烟的人也接过来，夹在耳朵上。两个砌砖套的人跳下坑，众人递下砖头，先在棺材上面摆成弧形拱模，以作支撑，然后砌拱顶。两人砌砖，有别人帮着在砖缝塞上砖屑，不一会儿，拱顶草草砌成。刨坟坑的人开始填土，有人从孝子手中拿过引魂幡，插在坟坑上，众人交替填土。把土填到略高出地面，管事的发话："算了，算了，剩下的留给圆坟再填吧。"

坟前铺上苇席，管事的高声叫："拜圹！"放几声鞭炮，鼓乐奏响，女婿们一字排开，在苇席上跪倒，磕四个头。葬礼中，女婿扮演的角色很有意思。这女婿包括了死者女儿的女婿、孙女的女婿，还有侄女甚至堂侄女的女婿。按传统，女婿在岳家是极尊贵的客人，后来男人找媳妇困难，再加上多年移风易俗的宣传，女婿的地位已经一落千丈。但在葬礼上却仍依传统。出殡这天上午，要在邻居家安排一间屋子，专门招待女婿们。在炕上放了桌子，桌上放茶壶、茶碗，沏上八毛钱一两的茉莉花茶，摆上一毛钱一盒的丰收牌香烟，由一两名见过世面的人陪着说些闲话。出殡前，孝子们由管事的带着，用托盘托了孝衣，进屋跪倒，双手托起孝衣，等女婿们接了，才能起来。此举名曰"恳孝"。原意大概是，女婿为岳父、岳母戴孝是很委屈的事情，要由孝子们恳请才能勉强答应。当时，这也仅是一程式化的东西，孝子们进屋，略一跪，女婿们就赶紧接过孝衣。只是出殡式时，女婿们这孝衣却没有穿在身上的，只是在肩上斜披了，做做样子而已。只有到了坟上拜圹，才实实在在地跪下磕四个头。

诸事完毕，人们纷纷回家，十几辆大车挤得满满的，挤不上的徒步走。灵车也套上牵来的牲口，拉了人回去。

孝子们不能坐车，仍穿着孝衣，走着回家，中间还不能回头看。

回到家，见大门口一堆点着的荞麦皮，冒着一缕蓝烟，院中、屋内一片狼藉。这烧掉的荞麦皮是死者生前枕头里的填充物，由村里的一名光棍汉专门负责烧，枕头布归他。屋子、院子要等到第三天圆坟之后，才能收拾、打扫。

稍事休息，管事的与写礼人要给事主报告丧事财务收支事宜。趁出殡的时间，写礼人已经把账目理清完毕，此时当着众人诸项汇报。收入主要是亲友、乡亲们送的礼金。本族各支人家的身份都算事主，只穿孝衣，参加送殡，不能写礼；因此本村人家的礼金有限，所得多数是亲戚们、把兄弟们送的。开支主要是买孝布、买鞭炮、订小戏班和吹鼓手、请说书人及买草纸、火柴等杂项。一般丧葬事，除了开支，礼金还会有若干结余，当然也有不够用的。寿衣、棺材开支不在其内，这两项大多是事主事先预备的，不用当时花钱；即使没有预备，立时操办也是由事主出钱，因为那时还没有礼金收入进账。

当年的丧葬事规模，一般花钱都在数百元之内，极少有上千的。日子困难，亲戚朋友少的人家，几十元钱也能了事。管事的大多能掌握好分寸。比如，小戏班、说书人这两项可以不用，吹鼓手可以减少到三四个人，鞭炮一项伸缩最大，只放几个二踢脚也能埋了人。还有本族内发放孝衣的范围，饭食的质量、数量，都是可大可小、可上可下的事情。所有这些都是由事主的意愿、管事的运作来决定。花钱多，规模大，看热闹的人多，人气就足。但人气还有另一方面的内容，即帮忙的人多少。前来帮忙的人主要是凭事主的面子，来人多或少，与事主在村里的人缘好不好有直接关系。人们评价一件丧葬事，看重的主要还是后者。其实，盖房、娶亲诸等事，无不是在检验事主的人缘。因此，当时人们普遍把人情看得极重。

管事人在每家的丧葬事上大都尽心尽力，因为是职责所在。但据说在过去，也有管事的不顾事主意愿，故意把丧葬事的规模弄大。尤其是一些殷实的人家有了丧葬事，管事人会尽量多花钱，且由他们事先把钱垫出来。等事情过去，再由事主卖耕地还债，管事的几个人趁机收买。那时的耕地是卖方市场，光有钱不一定能买到。

第三天圆坟，是用土在坟坑处堆起金字塔形的坟头，也有烧纸、磕头、哭等诸礼仪。只有本族人和主要亲戚参加。圆坟回来，把管事的、几个主要帮忙的街坊，请来喝顿酒作答谢，一场丧事就算结束了。

再之后，烧"一七""三七""五七"纸，一个多月就过去了，事主一家的生活逐步恢复了正常。

串街小贩

一

　　串街小贩大体分为两类：一类是耍手艺的匠人，有小炉匠、镯盆镯碗的、刨筶帚的等；另一类是贩卖小商品的，卖小吃食、鲜菜、小杂货等。

　　一般是人们下工在家的早、午、晚时段，街上就会响起小贩悠扬的叫卖声。人们大都要侧耳听一听，或卖的是自家需要的物品，或是自己有需要他修理的物件，先隔墙喊一声，让小贩停一下脚步；抓紧时间拿出用来交换的零钱、鸡蛋、粮食，或找出需要修理的物件。主妇走出来，先是一番讨价还价，费许多口舌方能成交。一些价格稳定的大路货，也有让孩子出来买的。

过来最多的是卖小葱的。小葱是秋季撒种出苗，在园里越冬，第二年春季重新长起来，长到一尺多高，割下来上市。割了头茬，留在地上的根还继续长二茬，再割下来卖。到最后的小葱，连根刨下来，作为秧苗移栽，再长起来就是大葱了。小葱上市时间集中，自家栽种的话，往往吃不了几天，就老得不能吃了，所以大多农户自己不种小葱。

一般是半大孩子做这买卖。背一柳条筐，上面是一大捆小葱，筐下面铺着麦秸，装换回来的鸡蛋，手里提着一杆小秤。清脆的童音吆喝着"约小葱嘞——约小葱嘞——"。小葱五分钱一斤，一个鸡蛋也是换一斤。人们钱少，以鸡蛋换的居多。人口少的家庭一般一次换一斤，人多的家庭要换二斤。赶到饭时，拿到家马上洗净上桌，蘸着自家做的面酱，送棒子面饼子；或用薄薄的高粱面饼，抹酱，卷上小葱，卷上厚厚的苦菜或其他鲜菜叶，两只手掐着，要把嘴张圆了才能咬下来。全家人"咯吱咯吱"大嚼一通，爽口无比。别说吃到嘴里，就是听这大嚼的声音，口水就要流出来。

除小葱之外，卖别的鲜菜的较少。一般人家不买鲜菜吃。当时每人有三厘*自留园，家家种菜园子。每家只是种些茄子、豆角、白菜等大路货，品种不多。菜下来了，一家人吃不完，要分送四邻。有了彼此互通有无，四季的饭桌上，菜的品种自然就丰富了些。不少人家，偶尔没菜吃了，向要好的乡邻讨要，甚至直接到对方的菜园里，下手摘上一些，等日后见了面，再告诉对方。如此，更显得两家关系密切。当然，也有些人家，吃不完的菜也不肯送人，偷偷背到外村去卖，但被乡邻看见了要受耻笑，因此这样的人家极少。

几乎每天早晨，街上都有卖豆腐的梆子声。卖豆腐的小贩不吆喝，只敲梆子。推一辆平板小车，车上放一高粱葶秆做的大四方箅子，箅子上平摆着一包豆腐，上面盖着一块白布。豆腐是整块的，现卖现切。

---

* 三厘约为 20 平方米。

用钱买豆腐的少，多以黄豆换，一斤黄豆换二斤豆腐。

卖豆腐的多是上些年纪的老人。只有邻村的一个年轻小伙子也过来卖豆腐。此人穿戴整洁利落，小车、篦子、刀子也都干净，做的豆腐不软不硬，因此很受欢迎。当年人们喜欢买较硬的豆腐，认为硬豆腐含水分少，实惠。有的豆腐小贩，把切开的豆腐块，拿起来再扔回篦子上，看豆腐不散，以显示自己做的豆腐硬。其实豆腐做硬了并不好吃。

小伙子敲梆子也与众不同，别人敲梆子是一下接一下地胡乱敲，小伙子敲梆子是有"谱"的："梆梆梆，梆梆梆，梆梆梆梆梆梆梆"，竟似吟诗一般。人们老远就能听出是小伙子的豆腐车来了，挖半碗黄豆，令孩子端出去，换回一大块豆腐。

除过年熬肉菜用豆腐外，平日吃豆腐多是凉拌。一般也舍不得纯吃豆腐。切上少半盆自家腌制的咸萝卜丝，放上豆腐，再淋几滴香油，拌开。腌萝卜丝极咸极脆，豆腐极淡极软，搭配起来，相得益彰。还有以小葱拌豆腐，"一清二白"，好看好吃。

每逢村里有人家盖房、烧窑或扣坯，卖豆腐的早已得到消息，特意多做几包豆腐，这豆腐要比平日软了许多。天刚亮，三四辆豆腐车子就停在主家门口，竞相敲着梆子。陆续来了助工之人，顺脚买五角钱的豆腐，用特制的篮子提着，送给主家。主家收了豆腐，助工之人再把篮子送回来。凡有这样的日子，每辆豆腐车上，都要预备三五个这样的篮子。这篮子设计得很好，一块葶秆穿就的平板，长一尺半，宽七寸，中间绑上弯成倒 U 形的柳木棍做提手，简单实用。码满豆腐，用手提着送礼，与现在看病人提的花篮很有一比。

有一个卖炸馃子的，是个光棍汉，人称"大馃子老齐"，住中刘爷庙。一般下午出来，挎一大竹篮子，篮子装满炸馃子，上面盖一块白粗布，再上面放一小秤。先在外村卖一圈，天黑下来再回刘爷庙。老齐不盲目吆喝，直奔有数的几家老主顾。一是大队会计家，会计媳妇听到老齐在门外吆喝"大馃子嘞"，就赶忙出来，老齐吆喝一两声，也不再吆喝。就是不买，会计媳妇也要走出来，告诉老齐一声，老齐才不再等。有时会计媳妇会一次买五六斤，甚至包了圆。老齐知道，这一定是大队的干部们又到会计家吃伙饭了，肯定是公家付账。就偷偷少给一些。

老齐的后面，总跟着几个拖鼻涕的孩子，老齐一旦掀开篮子上面的白布，给人约馃子，几个小脑袋就凑上来，吸溜着鼻子闻炸馃子的香味，老齐挥之不去，甚是无奈。

还有一家主顾就是锅三。当时锅三与白丫娘尚未公开结婚，锅三一个光棍汉，有时懒得动烟火，买些炸馃子吃省事，吃不完的悄悄送给白丫娘。买炸馃子吃是奢侈，却是锅三的体面。老齐每到锅三的小屋前，要扯着嗓子吆喝一通；如果锅三还没有回来，老齐就找到饲养棚附近吆喝。锅三买馃子是赊账，过一两个月，老齐把账结一下，锅三一次用粮食付清。后来锅三与白丫娘结婚住在了一起，就不再买炸馃子吃了。

另外还有三五家主顾，是家里有人在外面上班挣工资，日子过得滋润一些，偶尔也买几根馃子，让孩子们解解馋。还有各生产小队的干部们，偶尔"打拼伙"，也会找到老齐，买几斤馃子吃。

二

有一摇拨浪鼓以杂货换破烂的老汉经常过来。推一辆鬼头车，前面放两只荆条编的大筐，装换回来的破烂。一个铁丝编的长方笼子，长三尺，宽二尺，高二尺，横放在车尾，装着各色杂货，用来换破烂。给现钱也卖，但给现钱的不多。

经常过来的染布小贩也摇拨浪鼓，但与换杂货摇的拨浪鼓不同：染布摇的拨浪鼓，鼓小把长，声音清脆，摇起来似急骤的马蹄声。染布小贩骑自行车，一手扶车把，一手摇鼓，边骑边摇；换杂货摇的拨浪鼓，鼓面大，把短，声音浑厚。要停下小车摇，摇起来不紧不慢，很有节奏。孩子们一听就知道是换杂货的来了，绝不会混淆。

铁丝笼子里的杂货红红绿绿，很是醒目。多是孩子们的玩具。有烧成陶器的模子，茶杯盖大小，上面有凹下去的阴文图案，花鸟，孙悟空、猪八戒，戴盔披甲的武将等；有猫眼似的玻璃球；有用鞭子抽打就能旋转的陀螺；有木片做的猴爬杆；有女孩子扎辫子的"玻璃丝"，其实是极细的软塑料管；别在头上的发卡；小镜子、小梳子；还有月牙形的小糖片，黄豆大小的糖球；还有做针线活用的针头线脑。如此等等，丰富之极。

拨浪鼓响过，一会儿，小车周围就围满了孩子。小眼睛骨碌骨碌地转着，找到早已心仪的玩具。问好所需破烂的数量，飞跑回家，寻觅出一两双满是窟窿的鞋子，或从墙缝里抠出一团烂头发，或找出用秃了的废镐头、废锹头折转回来，换了盼望已久的物件，喜滋滋地走了。

当时的农家，可用来卖钱、换东西的破烂很少。废铁、破鞋是孩子们的"宝贝"。生活、生产不会产生什么废弃物。极少的一点食物残渣，剥下的菜叶，连刷锅的水都喂了猪。可燃烧的废物，填进灶火膛成了做饭的燃料。剩下的废物填进了猪圈积肥。村里没有垃圾堆，更没有需要运输、处理的垃圾。

男孩子换回的模子，用来在胶泥坯上拓图案。拓出来的东西，孩子们还管它叫"模（mú）儿"。也没有语言学家为它弄个名字。拓图案的过程叫"刻模儿"。

挖来胶泥，和好，在石头上或墙上摔，横摔竖摔，直到把胶泥摔熟，搓成条，再揪成小块，拍成圆饼，按在换来的模子上，慢慢压密实，去掉边上多余的胶泥，揭下来，就是一个翻刻好的"模儿"了。翻刻出来"模儿"是凸出的阳文图案，晒干，保存起来。甚至用废砖垒成小窑，把自己刻的"模儿"上窑，用柴火烧。可惜没见过有烧成功的，出窑的"模儿"黑乎乎的满是烟灰，摔碎，里面还是干胶泥。"刻摸儿"是男孩子玩得最多的内容，每人手里都有几个换来的模子。还跟别人互换模子使用。务求自己刻出来的"模儿"图案内容最多。

陀螺一般没有人要换。自己找一截木头，用小刀削出尖头，尖头上镶嵌上滚珠，就是一个陀螺。比杂货车上的还好用。杂货车上的陀螺是用特制的工具旋出来的，好看，也标准，但是个头小，用的木料也不好，打起来惯性小。所以年岁稍大的孩子都是自己削陀螺。用槐、榆那些密度大的木料，个头也大得多。打陀螺的鞭子也是自己制作。男孩子们上学，书包里大都装着陀螺、鞭子，一到课间，小学校的大院里，满是打陀螺的孩子。

杂货车上的猴爬杆很少有人换，都是围着看看而已。那是一个用薄木片做的猴子剪影，胳膊、腿是活动的，染上黄色，用两根细线系在一根木棍上。用手拉那细线，猴子竟一耸一耸地上到了棍子的顶端。这个东西要五双破鞋才能换出来，少有人舍得花这大价钱。后来竟有巧手的孩子，自己做出了猴爬杆。那时，孩子们大都自制玩具，制作玩具的过程，也就是玩的过程。

孩子们差不多都换到了满意的物件，慢慢散了。有几个年岁小的孩子没有找来破烂，还围在车旁不走。摇拨浪鼓的老汉，从笼子里摸出几个糖球，每个小手里放一个，孩子们一把揣在嘴里，也跑了。这老汉很是得孩子们的人缘。

三

"刨笤帚"是这里的方言，是指制作笤帚。

刨笤帚的匠人要隔很长一段时间才来一次。来了就在街口等显要地方撂摊子，冬天在向阳背风的地方，夏天找阴凉。

刨笤帚的不吆喝，而是演奏一种极特别的"乐器"，以招徕顾客。这乐器，类似说快板书打的竹板，由十来块薄铁片组成，每块铁片长约七寸，宽二寸半。这些铁片鱼鳞般压着，用皮条串着联结在一起。顶端装一木把。演奏时，木把朝上，用手提住，扬起下垂的铁片组合，再让其自动落下。在扬起、下落过程中，铁片间相互摩擦、敲击，发出"呲啦呱啦"的响声。响声很不悦耳，但绝对独特。老北京也有手艺人用这种"乐器"，却不是刨笤帚，是磨剪子戗菜刀。

刨笤帚的材料由顾客提供。材料叫"笤帚苗"，是一种叫黍子的谷类去粒后带瓢子的秸秆。黍子产量低，人们很少种植。往往在自留园里种上两畦，主要是用其秸秆刨笤帚。那籽粒碾成米，与南方的糯米相似，做熟了极黏，可用来包粽子、做切糕、蒸黏窝窝。

主妇们抱来一堆一堆的笤帚苗，放在地上，谈好了价钱。先回家，等一会儿再来付钱拿笤帚。

一群看热闹的孩子，或蹲或站，挨挨挤挤围一圈，不错眼珠地盯着匠人的动作，学着不花钱的手艺。离得太近影响匠人做活了，匠人挥挥手，孩子们略后退一些；一会儿，又趋上来了。

匠人把笤帚苗的秸秆部分，用棒槌砸，砸劈、砸软，泼上水焐一会儿。焐软了，就开始捆扎笤帚。

捆扎工具很有意思，是一段筷子粗细的牛皮绳。一头用宽带固定在匠人的腰上，另一头栓一 T 形木拐。匠人平坐在地上，两腿伸直，脚蹬木拐。拿鸡蛋粗细的一绺笤帚苗，在瓢子与秸秆的交接处，用牛皮绳缠一圈，然后腰与脚发力，勒紧笤帚苗，边勒边转动笤帚苗，使之彻底勒实。之后傍牛皮绳缠上数匝丝线，系上死扣。松开牛皮绳，一扎笤帚苗就捆扎好了。再拿一绺笤帚苗如此扎好，两扎再捆扎在一起。一扎接续一扎地捆扎下去，每后续一扎，要错开一个绳结的距离。秸秆部分太粗了，用弯刀削去一部分。够了笤帚的宽度，不再接续笤帚苗，把散着的秸秆部分，再连扎数道丝线，作为笤帚的把。削去多余的秸秆，一把笤帚就做好了。

后来种黍子的越来越少，只得改用高粱瓢子刨笤帚。这种笤帚苗粗、硬，用来扫地可以。扫炕不如黍子苗的笤帚扫得干净。再后来，也有用树棕、化纤丝等制作笤帚，但都不及黍子苗的笤帚好用。

新笤帚先用来扫地。磨损得小了，洗干净，再用来扫炕、扫案板。再磨秃了，用来刷尿盆、刷猪食槽。最后，填进灶火膛做了柴烧。一把笤帚要三年五载才能走完上述历程。

笤帚还有一用处，用笤帚把——此地人称笤帚疙瘩——打人。用笤帚疙瘩打人有讲究，一般是父母用来打孩子，丈夫用来打妻子，或妻子用来打丈夫。跟外人打架，没有用这"武器"的。在这里笤帚疙瘩是一种权杖，使用它是在行使一种权力，跟警察使用警棍道理相似，使用它的前提，应该是对方不还手。夫妻之间使用笤帚疙瘩，也是自以为是领导者的一方使用。即使对方不服气，也会夺过笤帚疙瘩反打对方，很少有另拿别的"武器"与其对打的。夺笤帚疙瘩有"造反"的意味。

有一汉子，在家经常受老婆的气。每逢刨笤帚，他要悄悄地嘱咐匠人，把笤帚把捆扎得松一些。匠人也会意。

四

"锔盆儿嘞——锔碗儿嘞——锔大缸——"。街上偶尔会响起这嘹亮的吆喝声。

听到吆喝，主妇们找出打破了的饭碗、裂了纹的面盆瓦罐，拎出去，叫锔盆的匠人看过，讲好价钱。一般按锔子收钱，锔盆、锔罐等陶器是二分钱一个锔子。锔碗的活不好做，是五分钱一个锔子。锔缸的锔子一角一个。匠人的摊子前，不一会儿就摆满了破盆、破罐。

这个锔盆匠人已经上了些年纪，坐一马扎，腿上搭一块蓝布，鼻梁上架着老花眼镜。一双粗糙的大手，极其灵巧地摆弄着小锤子、小钻子。

锔盆、锔碗要先制作锔子。这锔子与现在订书器用的订书钉相仿，只是钉脚要短许多，钉面要锤成当中薄、两头厚的柳叶形平面。用谷粒粗细的铁丝制作。一个裹了厚铁皮的木棒子，上有小孔。用钳子把铁丝头折出个钉脚来，插入棒子上的小孔，用小锤头轻敲外面的铁丝，使之成为那个长一厘米多的柳叶形的平面。留够长度，剪断铁丝，另一头再用钳子折出一个钉脚，这个锔子就做成了。这个尺寸是锔碗的锔子，锔盆的锔子略大一些，锔缸的锔子要更大。锔子越大，使用的铁丝也要越粗。

接下来就是钻孔，要在裂缝的两边对称地钻。用一简易的弓子，拉动钻子，不用几下，孔就钻好了。钻头的粗细要与锔子钉脚的粗细相匹配。那时的面盆、瓦罐多是上了釉面的陶器，容易钻，用普通钻头，其实就是一截磨尖了的钢丝。碗都是瓷碗，据说要用金刚钻头，没有金刚钻不能揽瓷器活。不过，外行人不仔细看，看不出金刚钻头与普通钻头有什么区别。在碗上钻孔要费时一些，还要边钻边点些水以冷却钻头。先钻好一个孔，把锔子的一个钉脚按进去，让锔子与裂缝成垂直角度，轻敲两下。紧挨锔子的另一个钉脚，再钻一孔。孔距要比锔子长度略微大一些，以便锔子能拉紧裂缝。把锔子的另一钉脚也按进去，依样敲打结实。沿裂缝均匀钉上若干这样的锔子，之后用白灰和的腻子抹一下，这个盆就算锔好了。腻子干后，这补好的盆、碗滴水不漏。钉了锔子的裂缝也别致，跟做剖腹手术后留下的刀疤很有些相似。

人们来镉盆镉罐的较多，镉碗的较少，来镉缸的更轻易见不到。

　　1960年之后，这一带停产多年的盆窑陆续开工，成为有盆窑的生产大队，是很来钱的副业。街上卖盆的逐渐多了起来，也是推一辆鬼头车，车上码着成套的瓦盆。四个瓦盆为一套，这一套也不过一块多钱。镉一个瓦盆尚要花一两角钱，哪个还会花钱镉盆？到20世纪60年代末，就已经少见镉盆镉碗的匠人过来了。

　　卖盆的不吆喝，随手扯起一个瓦盆，用木槌敲击，发出"嗒嗒嗒"的声音，能传出很远。瓦盆烧得火候越大，声音会越洪亮，有的竟发出金属一般的声音。敲击瓦盆，一是招徕顾客，二是展示瓦盆的质量。当年有一笑话，说一小贩，当众敲击瓦盆，嘴里炫耀："听听这响声，听听这响声。"话音未落，啪啦一声瓦盆破了，小贩立即改口："看看这茬口。"

杀 猪

过了腊月十五，生产队的大院里，支上杀猪大锅，几个有杀猪手艺的男人，开始为乡亲们义务杀猪。说是"义务"，褪下来猪鬃、猪毛都要归这几个人。据说这些猪鬃猪毛也很能卖几个钱的。准备杀猪的人家，早晨就把猪捆了，用小车推到队部大院，捎带着些玉米棒子，用来烧烫猪的热水。

队部大院里此时很热闹。地上躺着七八头待宰的肥猪，吱哇乱叫，杀猪的大人，看热闹的孩子，站了一大片。

两个人把一头猪抬上专用的大板凳，几个人按住。一个有经验的男人，拿一尺半长的杀猪刀，找准位置，猛一用力，刀子整个扎了进去，捅一捅，拔出来，那猪血就涌了出来。流到板凳下面的面盆里，那猪越挣扎越弱，最后不动了。半盆猪血由主家端回家去。

也有没经验的操刀手，捅了半天，那猪不动了，可解开绳子，又跑了。众人打趣他，他却说："死不了，也得弱弱。""弱"读"绕"，四声，这句话的意思是，那猪即使死不了，也会衰弱许多。这句话成了多年的笑料。

杀过的猪，在后腿上用刀割开一个口子，用四尺长的铁条，捅进去，拔出来，换个角度再捅进去，如此捅几次。把打气筒的胶皮管子插进口子，一个人用手攥紧，另一个人按气筒打气。一会儿，那猪的浑身就鼓胀起来了。比原来大了许多，胖了许多。把打气的那条猪腿用细绳扎紧。

大锅里添水烧火，要把水温烧到"三把水"。水凉了，猪毛烫不下来，水烫了，猪皮会烫烂。没有温度计，只用手试水温。冬天，手凉水烫，用手撩那热水，连撩三次，当烫的手不能再撩第四次的时候，水温就正合适了，因此管这个温度叫"三把水"。

几个人下手，把那杀好吹足了气的猪抬进大锅，先让猪尾那头入水，一个人搬着猪头，左右滚动。烫匀，烫透，当猪毛用手一抹就能抹下来时，两三个人一起下手，用刨子——六寸长、三寸宽的一块拱形铁板，快速地在猪身上刮，很快，露在水外的半边猪刮成了光光的白色。翻过来，再刮另一面。刮完了这半截，调过头来，再烫，再刮。直到把整个身子都刮干净了，再把猪头、四条腿也大体刮了。在后腿上穿孔，勾上铁钩子，抬出来，挂在事先绑在两棵树上的横杠上。

　　一个人拿了刀，开膛。取出连在一起的心、肝、肺，名曰上水，用细绳吊了。再取出小肠，盘起来，也用细绳吊了。摘下大肠、猪肚，放在大盆里，一个人端到一旁，把那肠、肚都翻过来，里面的粪便倒出来，洗净。这些杂碎都收拾好，交给主家拿走。最后摘下那膀胱，却给了等在一旁的孩子们。孩子们把它用嘴吹足了气，绑上口，用细线牵了，当气球玩。

　　最后，主家把收拾好的白条猪放在小车上，推回家去。第二天，自己下手，用菜刀、斧头，把整条的猪卸开。先卸下猪头、肘子，再从脊骨处一分为二，分割成两大片。然后顺着肋骨下刀，把大片再分割成三四根肋骨宽的长条。这一长条，名曰"一刀肉"。挑出整齐的若干刀肉，收拾起来，准备赶集卖了换钱花。其他的肉也要分类，先挑适合剁饺子馅的，脖头处的五花肉做馅最好，肥而不腻。再拣出两刀做腊肉。余下的就用大锅煮了。中午，一家人放开肚皮，啃骨头吃肉，把一年来未沾荤腥的缺憾一次补上。吃剩下的装盆留起来，熬肉菜吃。

过两天，再把杂碎、猪头煮了，全家再饱餐一顿。过年没有杀猪的人家，吃不上这顿煮杂碎。

真正的过年，是从杀猪的次日，煮肉那天开始。

赶年集

一

每逢农历二、七日，赶呈委大集，这是这一带方圆几十里最大的集市。到了每年的腊月十二、十七日，便是年集，集上更是人山人海。就是呈委村四周的大小道路上，亦是人流攘攘。

呈委村属邻县，在刘爷庙西面十二里地。刘爷庙一带的人家，年底无不要赶几次呈委大集，全家出动也是常有的。一是买卖年货，二是凑热闹。其实赶年集本身也是过年的内容之一。来回二十四里地，大都是靠两条腿走。卖货的推小车，买货的背筐挎篮，极少有骑自行车的。冬日天短，早饭要特意早吃，赶集回来，太阳大多已到了西边的树梢。集上有卖火烧卷肉、炸馃子、豆腐脑等小吃的摊子，人们却舍不得花钱买了吃，大多饿了肚子回家，再吃已过了中午的午饭。

路上工夫长，人们三五成群，边走边说话。内容却始终离不开年货的价格。去的路上，大多讲上集的猪肉，卖到了多少钱一斤，估计这集能到多少钱一斤云云。年下杀了猪，赶集卖肉的人，与准备买肉人却议论不到一起，卖肉的总要预计，这个集猪肉价格会上涨，涨到多少钱一斤，买肉的却正相反。说着说着两下里就抬起杠来，两个阵营界限分明，往往争个面红耳赤。只有卖肉的与卖肉的一块儿走，买肉的与买肉的一块儿走，大家才相安无事。回家的路上，相互比较各自买到手的年货，评判价格高低，花的钱值不值。买实惠了的，喜形于色；买打了眼的，暗自懊悔。

这年集与平日的集市不同，除人多、摊位多以外，格局也略有变化。年根底下，没有了再买卖牲口猪羊的，平日的牲口市、猪市就改做了肉市、鞭炮市。其他的地方，也多以年货为主了。

猪肉市占了满满一条南北大街，足有三里地长。直延伸到南头村口，又占了一大片空地。街两旁是一辆紧挨一辆摆了猪肉的小车，有一个轮子的手推车，也有两个轮子的小拉车。卖肉人站在车后，嘴里不停地招徕买主。卖肉的以呈委村西边的定县、安国人居多，那一带习惯多种红薯，饲料充足，养猪多且个大，多养到二三百斤才宰杀。那边过来的卖肉车子，很容易辨别出来。卖肉人说话侉之外，车上的猪肉也不一样，格外肉厚膘肥。且都不打成小块，是百八十斤的整扇猪肉，拉到集上，一旁放了铡刀。与买主说好了价格，看好部位，上铡刀铡下一大块，然后过秤，付钱成交。

本地卖肉的摊子没有这气派，多是小推车上摆几块带皮猪肉，每块大约七八斤，买主看上哪块，说哪块的价格。部位不同价格也不同。肉肥膘厚骨头少的正肋肋价格最高，可卖到一块挂零一斤；骨头多、瘦肉多的只能卖到八九毛钱一斤。

这集市上卖牛羊肉的摊子较少，单占一小块地方。

没有杀猪的人家，赶年集买肉是主要内容。一般由男主人亲自出马，也有主妇不放心的，跟着一起来。

挑选猪肉很需要经验，一般要挑肉发干，含水分少的。更要注意不能买了"米芯肉"，当地人管患了囊虫病的猪的肉叫"米芯肉"。那肉里面有绿豆粒大小的肉球，仔细辨认，或用指甲拨拉可发现。也有粗心人，上当买了这样的肉，回家发现了，也不声张。等下一个年集，宁可赔些钱也要卖了，糊弄另一个倒霉鬼。直到最后一家，实在卖不出去了，无奈上大锅煮，煮火候大一些，自家吃了。却也未见哪个吃出毛病来。

有日子紧巴，又爱吃肉的人家，格外买一个猪头。回家费些功夫，把犄角旮旯儿的猪毛褪净，劈开煮了。猪头便宜，四五毛钱一斤，据说一个猪头只有十二两（老秤）骨头，其余的都是肉，可煮一大锅，一家人放开肚皮吃一顿。更有猪耳朵、口条、拱嘴是男人下酒的好菜。

只要把猪肉买到家，过年的"谱"就算有了。其他的年货，或多或少，或有或无，皆能凑合。因此，这年集上，猪肉市上人最多，开市的时间最早，收市最晚。即使天黑下来，没有卖完猪肉的卖主、没有买上猪肉的买主，还在那里讨价还价。

二

鞭炮市单独占一条较短的东西街，摊位不是很多，却极为热闹。满街筒子硝烟弥漫，爆炸声震耳欲聋。离数里远就能听到。

街两边的摊位多是大小车辆，车上摆大木箱子，箱子里装了鞭炮。一辆车上往往有几个男人照应。一个人高高站在车上，手拿长竹竿，挑一挂鞭，却不点燃。嘴里满是白沫，拉鞭似的数说自家鞭炮的好处，捎带着贬损别家。下面看热闹的人群听得不耐烦了，高叫："拉一挂听听！拉一挂！"车下卖鞭炮的伙伴，划火柴点着鞭捻，立时噼里啪啦爆响起来，人群掩耳躲避，闪出一小块空地。响声止住，人群一拥而上，围住鞭炮车子，掏钱购买。往往街这边拉完了鞭，街那边对过的摊位马上点燃了炮，也是如此这般。也有双方同时数说，贬损对方，竟发展到隔街对骂。

那时候的鞭炮大体分两类，一类是小鞭，另一类是炮仗。少有其他花色。

小鞭多为手工擀制，筷子粗细，一寸多长，内装黄色火药，一头栽捻。点燃了响声极为清脆。要把鞭捻编起来，二百头、一百头或五十头编成一挂，分别用字纸包成一包。也有黑色火药的机器鞭，个头略小，响声沉闷。

这小鞭，两三角钱一挂。买回家后，大年初一起五更拉一挂长的，正月十五再拉一挂短的。其余的都拆散了，孩子们在衣裳兜里装几个，与伙伴们一起，一"叭"一"叭"地零散放了。东西不多，却也过足了瘾。

炮仗，也叫两响、二踢脚等。比大拇指略粗，六七寸长，中间偏下栽捻。牛皮纸搓成炮筒，内装两种火药，下半截装"竖药"，上半截装"横药"，中间用胶泥芯子隔开，却又以鞭捻相连。上端用细线扎住，下端用纸捻塞住。每十个捆成一捆，称作"一把"。燃放时，取出一个，或戳在地上，或用手捏住炮仗上端。点燃炮捻，引爆下端的竖药，"轰"的一声，炮仗高高地飞了上去，"嘎"的一声，横药在空中炸响。留下一团烟雾慢慢飘走，片片碎屑纷纷落下，响声却传遍四野。

这炮仗一块钱能买三四把，再个儿大的，一块钱只能买一两把。一般人家买上几把，也要有计划地燃放。大年三十上坟，放一把，起五更放一把，十五放几个，其余的再零散放了。也有极为嗜好此物的男人，平日里省吃俭用，偏过年放鞭炮要奢侈一把。背了老婆，装出二十斤粗粮，到集上粜了，买一筐头鞭炮回家。五更里尽情燃放一通。自家过足了瘾，街坊四邻也沾光白听了响声。

每年腊月十二，呈委集过后，村子里就零零星星地响起了鞭炮声。过年的气氛，立时就有了几分。

杂货市上，五花八门的年货摊子挨挨挤挤。卖年画的摊子最抢眼。架子上摆一摞一摞的年画。背后的墙上，高高地钉了钉子，拴一长绳，用小夹子夹了年画，一张挨一张地挂满，红红绿绿很是热闹。集上的人群，多远就能看到。

年画内容丰富。有二尺多宽、一人来高的中堂"挑山"。是装裱过的，外带对联。画面是印刷品，内容多为"富贵牡丹""松鹤延年"等吉庆画，也有"甘露寺""百岁挂帅"等热闹人物画。一块多钱一幅。只有准备结婚办喜事的人家，才舍得买上一幅。

更多的是对开纸大的印刷画，有"胖娃娃抱大鲤鱼""天女散花"等。一毛五一张，一般人家要买上几张，回去贴在家里黑乎乎的墙壁上，花钱不多，却很增几分过年的喜庆。

还有一种连环画极有特色，由几条竖条组成，四条、六条或八条为一副。每条竖条宽一尺，长四五尺，每条上面印了四五个画面，每个画面下方，有若干文字述说画面内容。几条竖条的内容连起来，组成一个完整的故事。有"大闹天宫""岳飞传""杨家将"等。这连环画极得孩子们喜欢。还不识字的时候，故事大多听大人讲过，对照起来，画面内容却也看得明白，以后上学认字了，看了文字叙述，体会更为真切。每天睁开眼就看到这画，故事情节烂熟于心，竟成了人生启蒙的文学作品。

后来，年画的内容统统变了。举着红灯的李玉和、咬牙切齿的李铁梅、引吭高歌的郭建光、扬鞭跃起的杨子荣，不一而足，却也为农家小屋增添了一股豪气。

三

1966 年以前的年集，杂货市上总有三五个卖"灶王爷"的摊子。

摊子都小得可怜，只是在地上铺了一块包袱皮，上面摆一摞毛头纸印的灶王爷而已。摊子虽小，却很红火，每个摊子都围了一大堆人。那小贩双手不停地忙活，把一张一张的灶王爷卷起来，递给买主，收钱、找零。每张收两毛钱。

据上年纪的人讲，这灶王爷不能叫"买"，只能说"请"，以示恭敬。年轻人多不以为意，既然花了钱，自然是买了。因此并无多少忌讳。

这灶王爷，是在长一尺半、宽一尺的毛头纸上，以黑、红、绿三色木版套印。上面四分之三的地方，印了双人正面头像，左边一个戴官帽、长胡子的老汉，右边一个有皱纹却涂了红脸蛋的老妇人。老汉就是灶王爷，老妇人自然是灶王奶奶了。二人面目呆板，却衣着鲜艳。印刷得比较粗糙，有那灶王奶奶的两个红脸蛋，居然挪到了鼻子、耳朵上。买家并不大计较。

下四分之一的地方，竖行印了二十四节，正月初几立春、正月二十几雨水云云。二十四节气与头像之间，有一横行大字，用的是天干、地支的年号。

卖灶王爷的摊子只有年集才有，却每年大都是这几个，少有新面孔出现。

灶王爷的头像部分，是用三块雕好的杜梨木版套色印制，年年用它，无需变换。印下面文字部分的木版，只印黑色，有一块就够了，却要一年一雕，不能重复使用。印、卖灶王爷的人家，都藏有万年历。每年入冬，就要在万年历上，查出次年交二十四节气的月、日、几龙治水等，据此雕出木版。印刷时倒很简单，吃饭桌子上放一块木版，刷上颜色或者墨汁，把裁好的毛头纸覆在上面，用手抚平，轻轻揭下来，晾干。裁出来的纸张，要印完一色，换版再印第二色。

灶王爷拿回家，女主人要先看次年是否有闰月，几月几日芒种；男主人要先看几龙治水，何日立春何日清明等。有闰月的年头十三个月，一家人的口粮也要算计着吃下来，芒种过后新麦子下来就能接上陈粮。那几龙治水有意思。据说一龙治水的年头雨水最多，多龙治水的年头雨水少,治水的龙越多,越不下雨。看来中国的古人,早就知道大锅饭会压抑积极性这个道理。可惜发明大锅饭理论的西方人,一定没有看见过中国的灶王爷,还不懂这简单的真理。

那时人们的纪年方式很有特点,说年号用阳历,如 1964 年、1965 年等,人们大都记不住什么甲辰年、乙巳年。说月、日却用阴历。各色的节日、家人的生日、逝去先人的忌日,还有五天一个集日,无不以阴历记载。月份牌还少见,何种庄稼何时播种、何时收获,大多要看灶王爷上二十四节气的日期而定。还有许多农谚帮忙记住,如"清明高粱谷雨谷,立夏芝麻小满薯""芒种三天见麦茬""白露早,寒露迟,秋分的麦子正当时"等。

细琢磨这灶王爷,竟很有几分当今美人挂历的意思,或许是中国农村最早的美人挂历?

到腊月二十三的晚上,把贴了一年的旧灶王爷揭下来,在院里放桌子摆供品,点燃旧灶王爷,送他上天汇报。还要磕头祷告:"灶王爷一路走好,上天多言好事"云云。看来这灶王爷,竟是玉帝派下来监视每户人家的"特务"，庄稼人老实，只得把丧神做喜神敬了。

腊月三十的下午，把"请"回来的新灶王爷，贴在锅台上方的隔山墙上。摆上供品，还要膜拜一番。

从腊月二十三到三十的这七天，没有了天使的监视，人们可少些忌讳，略自由一些。就是娶媳妇办喜事，也不用再挑日子，名曰"偷娶"。

卷三　田园志

开工第一天

村里的惯例，每年过了正月十五才正式开工。

正月十六吃罢早饭，生产队响起久违的钟声，人们陆续来到队部，来早的挤在热炕上，烙着屁股或脊背，来晚的或蹲或站在地上，也有蹲在屋外的墙根晒太阳的，人们有一搭无一搭说着闲话。虽说队里多日不集合了，但人们也差不多天天见面，此时见面并没有多少新鲜。这一天上午照例是开会，人来得差不多了，队长开始讲话，无非是说些今年在哪块地准备种什么庄稼之类，人们照样嗡嗡地说小话，没有几个人认真听队长讲。队长也讲不了几句，就宣布散会，这本来就是个例行公事的会，没有多少实际内容，只是这个会后，一年的农活儿就开始了。散会后，天还早，几个年轻人不走，开始在热炕上打扑克。

开活的第一件事就是倒腾粪。有年前从队部大猪圈里起出来的粪，是沤制的柴草，堆在猪圈边上；有每天从牲口棚清理出来的牲口粪便，也堆成一大堆。饲养员每天都要在牲口棚垫上一层黄土，名曰"上垫脚"，让牲口把粪便排泄在上面，第二天连土带粪便一块用小车推出来，再换上新土；也有撒懒的饲养员，三五天才换一次黄土，只是这样一来，牲口棚就脏成了猪圈，牲口受罪，饲养棚的气味也更难闻了。粪堆外面冻结了一层，小伙子们抡三齿镐刨开，每刨下一层，持镐人便闪在一旁喘粗气，由妇女或上年纪的人用铁锨铲起来另堆在一旁，有冻结的大块便用铁锨拍碎；或装上小推车推到另一处，把分散的几堆粪集中到一大堆。刨下来的粪清理完了，铲粪人也闪在一旁等着，持镐人又过来刨，如此交替进行。抡镐刨粪费力气，刨上两个回合，便有年轻人主动上来替换。歇了一个年节，人们的体力明显下降了，三齿镐抡不了几下，便心跳加快、呼吸急促，需要两三天之后，身体才能重新适应。干倒粪的活没法量化，多干少干全凭个人自觉，干活实在的人就多干一些，惯于撒懒耍滑的就少干一些，反正此时的活计不忙，干多的人也累不到哪里去，青年男女们还边干活便说笑打闹，叽叽呱呱很是热闹。

倒腾粪堆叫作"倒粪"，目的是加快粪肥的腐熟，也就是把压实的粪堆倒腾松了，增加其中的氧气，庄稼人大多不懂这原理，只是凭祖辈传下来的经验做这些事。反正倒过几天的粪堆有明显的效果，一旦刨开，里面的热气就腾腾冒出来，那粪竟是热的，里面的柴草也沤烂了，变得极轻。

两辆大车开始往地里送粪，去年入冬时秋耕过的白地还冻得梆硬，此时送粪地里好走，牲口拉轻很多。歇了一冬天的骡马牵出来，憋得浑身是劲，又尥蹶子，又打响鼻，往大车辕里套它，那是极不情愿，在车把式呵斥下，勉强被塞在车辕里，车把式麻利地系好一系列复杂的套绳，把它牢牢套在车辕里，再套上拉长套的骡子。这几天车把式要特别小心，骡马一上路极容易惊车。正月里经常听到街上有人高喊："惊车了！

惊车了！"街上的人赶紧闪到一边，靠墙根站住，看着惊了的大车轰隆隆跑过去。若有老人孩子闪得慢一些，就有被大车剐倒或碾住的危险。那时乡下还没有别的车祸，只有这牲口惊车。车把式开始拼命勒住缰绳，最后实在拉不住了，也就撒了手，任凭大车飞跑出去。骡马拉着大车跑出村子，在野外的大道上一路狂奔，最后跑乏了，实在跑不动了，自己停下来，此时一车粪也就颠撒得剩不多了，车把式呼呼喘着粗气赶上来，勒住缰绳狠抽一顿鞭子，然后整理好跑松了的绳套，再赶回队部，重新装车。只有过三五天，骡马那多余的精力消耗了，思想上也认可了，才老老实实把这苦役一直服下去。

人拉马车

　　太阳老高了，上工的钟声已经响了几遍，人们才陆续走到生产队的队部。早晨的活是拉车送粪，早到的人开始装车。

　　队里有十来头牲口，除去幼畜，能干活的牲口只有七八头。男女劳力却有五六十个，再加上老人、放假的半大孩子等辅助劳力，要有一百来人出工。一到收秋种麦季节，准备种麦子的地有一百多亩，要耕、耙一遍，必须靠畜力完成，这是一年里，牛马们最忙、最累的时候。其他一些本属于牲口的活计，如拉车、播种、打场、拉石磙子，现在又要由人代劳了。

　　场院里堆着发酵好的粗肥，在早晨的阳光里冒着热气。这是队里直接积的肥，主要是沤好的麦秸和牲口粪便，分量不重，装车的活不累，用四个齿的粪叉，把粪铲起装到车上。

有个惯例，谁装、卸车，回来空车的时候就可以压车，当时的胶轮大车重心靠前，便于套牲口。人拉车需要重心靠后，为的是驾辕人省些力气，在车上装东西要注意这个区别。但空车的时候就需要在车尾坐上两个人来改变重心，谓之压车。压车是个美差，可以享受别人拉车自己坐车的优越感，正好跟装、卸车的活儿搭配在一块。所以装、卸车的活一般有人抢着做。

不一会儿，车装好了，人也到齐了，说说笑笑拉起大车就上了路。一个壮实男人驾辕，他左右两个男人傍辕。车辕前端拴搭腰（套牲口搭在牲口背上的宽带）的位置，绑上一根四尺长、拳头粗细的木杠子，驾辕、傍辕的人用手攀住这个杠子。一般路上并不费力，只是在上下坡道或转弯时，掌握好平衡就行了。前面两根七八米长的粗绳，每根绳有四五个男女牵着，拉车的人数并不固定，人少的时候七八个人能拉，人多的时候二十来个人也一样走，总之你只要出工，就有活儿可干。

三四里的路程，二十来分钟就到了准备种麦子的地里。这里传统的种植方式是两年三熟，即两年一个种植周期，收获三茬庄稼。春天下种高粱、谷子，秋天成熟早，收割后，种上小麦；小麦在地里越冬，第二年夏季，收割小麦种夏玉米；到秋季夏玉米成熟晚，不再播种小麦，等第二年春季再播种高粱、谷子等春庄稼。至此一个种植周期完成。棉花、红薯一年一熟，每年春季播种，秋季收获。

这是一块割了谷子的地，满地谷茬还没有翻耕。车一进地，地暄，车轮下陷，所有拉车人必须使足了力气往前拉，走一截开始卸车。两个装车人放下拉车绳子，一个人拿起三齿镐往下刨，另一个人用铁锨往下铲。卸完一堆继续往前拉，卸车的两个人就不回前面拉绳子了，就近在后面推，走上二十来米继续卸。上一堆卸的是车前端，这次卸车后尾，要尽量保持车重心平衡。一车粪要这样卸成五六堆。

耕地前，地里要布满这样一行行的粪堆，再用铁锨撒匀，翻耕到土里，作为小麦的底肥。那时候，化肥还少，主要以粗肥当家。

卸完车，装、卸车的两人坐上车尾，卷支旱烟点火抽上。回程是"盼家路"，拉车人一路小跑，瞬时到家，把车停在队部，各人回家洗脸吃早饭。

整劳力一个早晨的劳动记两分工，年终决算时，工值大概五角左右，两分工就是一角钱，能买五盒火柴。

春耕播种

　　此地传统的种植模式是两年三熟，多数的农作物在春季播种，当年成熟，因此有春种秋收之说。后来有了机井，旱地变成水浇地，生产队的管理也逐步完善，种地逐渐由粗放到精细，小麦、晚玉米种得多了，高粱、谷子等传统作物被挤到了边角的零散地块。种植小麦玉米，一年可收获两季，产量自然高很多，且小麦是细粮，比高粱谷子等粗粮好吃得多。

　　春季的农活，除小麦浇水追肥之外，以整地播种为最重要。

　　种旱地时，送粪、整地是一开春最先进行的工作。越冬的白地大多在入冬前已经秋耕过，若上年雨水大，冬季多雪，翻耕起来的土坷垃经一冻一化，自然化解为极小的颗粒，春天要早早打耙（整地）出来，以涵水保墒，等节气到了再播种。干旱年头，地里的土坷垃有人脑袋大小，一个挨一个，且坚硬无比，这就只有等下雨了。冀中平原多春旱，春雨贵如油。一旦老天爷开恩，在万人的期盼中下过一场勉强"解渴"的雨，田野里顿时热闹起来，所有能干活的人、牲口统统集中到白地里，所有的耙、盖都用上，继以铁耙、铁锨等物，突击打耙。若节气已到或已过，整地后立即播种，即抢墒种地。

后来有了机井，多是在播种前若干天，先把地洇过，晾到最佳时机，再翻耕、打耙，这就从容多了。

牲口拉的犁杖结构简单，一弓形铁条与斜粗木把交叉相连，铁条的一端挂牲口的套绳，木把由把式扶持着掌控平衡，弓形下方与木把交接处装犁铧。拉犁耕地极费力气，一般需要套两头牲口，两套牲口连在一块需要一种特殊器具，名曰"二牛杆"，是一截三尺来长的粗木棍，中间装铁钩挂在犁杖上，两端又各有一铁环来挂牲口的套绳；有意思的是中间的铁钩并不都在正中，有的略偏一些，以适应两头力气不一样大的牲口，看来我们的先人早就懂得力矩平衡原理。连一头牲口都拉不动的犁杖，竟也有时用人拉，只是"套"人比套牲口简单，每人一根绳子即可，十几条绳子直接拴在犁杖上，省去了二牛杆。

耕地的方式有两种：一是平耕，装正三角形的犁铧，只把板结的土松动一下；二是翻耕，是在犁铧上再斜装一弯铁板，与犁铧共同组成一个抛物面，使犁起来的土翻扣过来，可把地表的粗粪、柴草翻到下面。一般程序是先平耕，略打耙，撒上底肥，翻耕，再细细打耙，播种。平耕的主要目的是使土壤松散，减少坷垃，早年种地粗放，有时也减去这一环节，直接翻耕。

打耙的农具主要有两种：一曰"耙"，四尺长、二尺宽的厚木框，框上栽满铁齿；二曰"盖"，与耙大体相同的木框，中间镶满荆条。整地是先耙后盖，耙地时，半尺多长的铁齿深入土层，主要是为了拌碎坷垃，把式驾牲口拉着在地里来回走即可。盖地是要继续破碎表层的坷垃，使表层土密实一些，减少水分蒸发。盖地时，把式要蹬在盖上增加重量，两只手各牵一条绳子，用来驾驭前面的牲口，同时也帮助身体保持平衡。蹚盖时保持身体平衡不太容易，初学者短不了从盖上掉下来；有经验的把式，两腿叉开蹚在盖上，随着牲口的前行，身体左右晃动，两条腿有节奏地轮换承重，使脚下的盖均匀摇摆，盖过的地表留下波浪形的花纹，远远看去，极是漂亮。

生产队的牲口不够用，多有用人替代牲口拉耙、拉盖的。一般七八个人拉一个，每人背一条绳子，走在暄土里，步步蹚劲，五百米长的地头，拉一个来回就腿肚子发酸，就要坐下歇口气，实实在在体验到了牲口的苦楚。不过苦活之中也有美差，蹚盖即是。优哉游哉地蹚在盖上，看着前面出着死力的人群，也享受一把分工不同带来的优越感。只是蹚盖并没有固定人选，多为轮换，也有照顾年老体弱者的，还有大家为省些力气，推举体重轻的半大孩子的。牲口拉盖，把式必须站立在盖上，以拓宽视野，指挥牲口前行的方向，人拉的盖却可以蹲在上面。尽管蹲在盖上，飞起的尘土会直扑口鼻，但容易保持身体平衡，因此没有经验的人也就可以蹚盖了。

播种的时间，人们是依据祖辈流传下来的农谚来决定，"清明高粱谷雨谷，立夏芝麻小满薯""谷雨前后，种瓜点豆""枣芽发，种棉花"等，当地种植的庄稼几乎都有了。

播种用的器具曰"耧"，木制，下有两只铁脚，用来开沟；上面有耧斗，用来装籽种；前面有两根粗木把，四尺来长，用来套牲口或人；后有两个把手，用来掌握平衡。播种俗称"耩地"，若套牲口，还需要两个人，前面一个人牵牲口前行，曰"旁耧"；后面一人握住把手，控制深度、下种速度，曰"拿耧"。

上工、收工的路上，二人也有固定分工，旁耧者牵牲口驮装籽种的口袋，拿耧者扛着耧。春季土壤水分蒸发快，播种后还需要碾压保墒。碾压也有专用工具，曰"砘子"，是两个直径一尺、宽二寸的石头辊子，中间有木轴相连，两个辊子间距与耧两个铁脚的间距相同，也就是播种的行距。砘子是用一个人拴绳子拉，紧跟在耩地的耧后面。拉砘子的活不算累也不轻松，不需技术，只要人不格外拉偏了，两个石头辊子自然顺着播种留下的沟走，人们戏称："傻小子拉砘子，谁学会了是谁的。"

播种棉花比较复杂。种子要事先用水浸透、催芽，棉籽表面有一层短绒毛，为了光滑，播种前要滚上沙土。播棉花用特制的耧，骨架与普通耧相同，盛种子的耧斗换成大漏斗，播种时，在漏斗两侧各走一人，挎筐装棉籽，用手抓一把棉籽边走边均匀地撒落在漏斗里，棉籽随即顺管道落入铁脚开的沟里；此人撒完一把，另一人立马接上继续撒，二人轮流接力。耧的两个铁脚间距略大，因为棉花需要较宽的行距。棉籽头重脚轻顶土力小，因此播种要浅，籽种上面的覆土不能超过两厘米，同时要求土壤湿润、地温稍高。旱地种植棉花，很难具备播种的墒情。棉花播种后却最怕"卸耧雨"，在出苗前遇较大的雨，土壤板结，棉苗就很难拱出来了。需要用二齿小挠钩松土，帮助出苗，但效果也不是很好。

拉耧的活，也多有以人代替牲口的；到了20世纪70年代后期，才有了拖拉机拉的播种机，人和牲口才逐步解放。如今，人工耩地已经很难见到了。

在春季，只有把所有的白地都播上了种，人们才能松一口气。

　　种子播在了地里，同时也播下了希望，人们开始生活在期盼之中，期盼着庄稼一天天长大，期盼着秋季的丰收。农民的精神生活最充实。

间　苗

　　村里人把给庄稼间苗叫作"耪头遍"，锄第一遍的意思。用传统木耧播种，做不到精确点播，技术高的把式拿耧，还可以控制得播稀一些，但前提是不能缺苗断垄，技术差的把式为了有把握，就要播得密一些，还说是"有钱买种，没钱买苗"。出苗不久就要间苗，拖延了时日会影响小苗发育。这一带人们间苗所用工具并不相同，刘爷庙的人们习惯用短把小薅锄，右手拿着，左手拄一尺半高的木拐，九十度以上大弯腰，真正"面朝黄土背朝天"。初做农活者，耪不上一会儿，就腰酸背痛，劳累不堪；有不远处的村子则用长把小镐，略弯腰即可，用长把小镐虽然轻松一些，但下镐容易有偏差，远不如用小薅锄精准。

　　薅头遍的活易量化，人们在地头一字排开，至少隔一垄站一个人，为的是不妨碍彼此干活，薅到头折回来再薅剩下的那个垄，名曰"占甲垄"。一旦薅进地里，人们有快有慢，就逐渐拉开了距离。有极精明的人，占甲垄时要留心选出苗稀的垄，为的是省些力气；其实大多数人都知道这个，只是拉不下脸来罢了。就是有力气小的人落在了后面，临收工，人们也大多会主动帮一把，大家都薅完了一起收工，即使不肯帮别人的，也要在地头等着，不能提前回家，这是起码的规矩。

　　给高粱间苗容易一些，因为大高粱留苗极稀，有"一步一棵苗"之说，要把绝大多数的苗去掉，铲苗容易留苗难。小苗都挨挤在一起，很不容易择出单棵，有经验的人，先大体留下一簇，再用锄角剁下簇中其余的苗，最后只留一棵；初学者，要放下锄，用手拔掉多余的苗，自然就慢多了。也因此人们要尽量在苗稀的地方选苗留下。去高粱苗，下锄要深，须连根刨下，否则还会长出二茬苗来。也有在高粱地里间作黄豆、黑豆的，在播种时就同时播下了，间苗时遇豆苗要多留一些，豆类可以密植。

传统的高粱品种俗称"大高粱"，以区别于后来的制种高粱。大高粱秸秆足有一丈多高，结实挺拔，似小竹竿一般，俗称秫秸，人们多用来打箔、搭丝瓜架和扁豆架、栽篱笆；还有人将其破成篾子，编成锅盖；更有手巧人，取秫秸中间的几节，剥下硬皮，破成窄窄的细条，编成鸭蛋大的蝈蝈笼子，经霜的高粱秸，表皮呈深红色，编出来的蝈蝈笼子精美无比；蝈蝈就在这种笼子里越冬，白天可以揣在怀里，夜间可以捂在热炕头上，隆冬腊月，听几声蝈蝈叫，是农村人的廉价享受。秫秸最上端的一节，格外细长挺直，俗称葶秆，要单独截下来，女人们把它穿成盖帘、浅子，这是农家厨房里必不可少的家什，用来摆放捏出来的饺子，盛饽饽等。还有人家把自制的盖帘、浅子作礼物送给城市里的亲友，当年塑料制品还少，这种礼品很得城市人喜欢。因此，即使后来有了产量极高的矮秆制种高粱，人们还会多少种一些传统的大高粱，只为了用其秸秆。

给谷子间苗最不容易。首先谷子籽粒极小，播种很容易播密了，小苗出土后马鬃一般，很难择开；并且谷子留苗多，不是留单棵，而是留一簇，每簇三五棵，簇与簇间距七寸。当然这是理论上的数据，实际操作起来做不到如此精准，大体掌握即可。但如此一来，给撒赖耍滑之人留下了空间，或簇距留得过大，或一簇苗过多，这会造成谷子生长不良而减产。负责任的队长，耪头遍谷子会仔细检查质量，并格外留意几个滑头做的活儿。

给棉花间苗最轻松。棉花籽粒大，出苗稀，容易择开；棉花苗刚出土，一棵细身子顶着两片硬币般的子叶，只要把这两片子叶削去，就不会长二茬，薅锄甚至不必入土，齐地皮铲即可。

把地里的庄稼耪完头遍，春季的农活儿就差不多做完了。如果完得早，麦子还没熟，人们可以轻松几天，或赶集或上庙，一般这个时间正好赶上县城的四月四庙会。

浇 地

一

冀中平原上的人家，给庄稼浇水是 20 世纪 60 年代中期以后的事情，以前没有这个传统，其实是没有这个能力。种庄稼完全是靠天收，春天下了透雨，抓紧播种；夏天，看看要下雨了，抓紧栽晚红薯。久旱不雨，地里的庄稼都打了蔫。半尺来高的玉米小苗，叶子合上，拧成绳子一般，颜色也成了灰色。若弄来一碗水，浇在根部，干土"吱吱"响着把水吸进去，眼看着叶子一点点张开，挺直了，颜色变绿。偶尔看到西北天边上来一股黑云，众人翘首以望，直到黑云偏过头顶，溜到东边去了，只听了一阵隐隐的雷声。人们泄了气，揉揉发酸的脖子，骂几声娘。

也有人组织祈雨。为求得老天怜悯，参加祈雨的人必须是寡妇和孩子，其他人没有这个资格。寡妇们每人拿一笤帚，孩子们头戴柳条编的环，一群人来到村边干涸的大坑里，还有很多人跟出来看热闹。寡妇们做出扫地的样子，嘴里嘟哝着："天灵灵，地灵灵，十二个寡妇来扫坑，老天爷，可怜咱，把雨下得沟满壕也平！"孩子们跟在后面，嘴里"呜哇呜哇"地学青蛙叫唤，却也难免同时打闹嬉笑，缺少了寡妇们的虔诚。

菜园子里的蔬菜不耐旱，必须用井水来浇。菜园子里都有大口砖井，井口直径约有四尺，且越往下直径越大，到井底要有六七尺。在吃集体食堂的两三年里，集体统一种菜园子，在砖井上装了铁制的水车。水车套了牲口，转圈拉磨一般拉了水车上的齿轮转动，井水就源源不断地提上来。只可惜，当时的牲口比人还忙，后来只得换了人推，需要两三个人才能推得动，效率尚不如祖祖辈辈使用的辘轳。这水车买配件、维修也都困难，因此时间不长，水车就又换成了辘轳。

大旱时节，不论黑天白日，井口的辘轳一刻不停，集体食堂解散之后，菜地就都分到了户，家家都要种几畦普通蔬菜，各家用井浇菜要提前排队。一个生产小队里，只有四五架辘轳，分别属于几户人家，没有的人家，要借了来用。辘轳只要安在了井上，一般不再换，大家接续着使用，但要事先跟辘轳主人打声招呼，以示领人情。只有轮到也有辘轳的人家浇菜了，才搬来自家的辘轳，换下原来的。水斗子轻便，易损坏，一般各家都自备。

一家的菜园浇完了，要跟等在一旁的下一家交代清楚排队的顺序，交割好辘轳等工具，还要回村通知再下一家。接到通知的人家，不管是什么时辰，背了水斗子，拿了铁锨就到菜园子里候着。等候的时间，一般也会帮忙摇上一阵辘轳，替换下疲劳的乡邻歇口气、抽支烟。

辘轳大多是木制的三脚架，使用时架在井口上，上端有木轴；轴上穿了约直径八寸、长二尺的绞盘，绞盘俗称辘轳头；辘轳头上装弯了的木棍摇把，名曰辘轳把。绞盘拴长绳，长绳的另一端拴水斗子。水斗子是半球体，直径约一尺半，荆条编成，工艺与编笤箩、簸箕相似，是以去皮荆条为经，细绳做纬，编结而成。后来又有了黑铁皮或白铁皮敲成的水斗子。水斗子上口装木棍横梁，梁上有大铁环，绳子就拴在铁环上。

摇辘轳的人，弯腰撅臀，双手握辘轳把，一圈一圈地用力摇，慢慢把盛满水的水斗子绞上来。水面两丈来深，绳子在辘轳头上绞到八九圈，水斗子就上来了。在水斗子下底刚出井口时停住，右手继续攥住辘轳把，腾出左手，抓住水斗子横梁上的铁环，巧劲一拉，右手同时略松绳子，水斗子就倒在井沿特备的草垫子上，水"哗"一声倒尽了。水倒在紧挨井口的池子里，顺着垄沟流向菜畦。摇辘轳的人，右手轻摇一下，空斗子回到井口，左手五指并拢按在辘轳头上，松了右手，辘轳头咕噜噜一阵急响，空斗子瞬时滑到井底。左手与辘轳头的摩擦力，控制着水斗子下落的速度。斗子轻，横梁重，水斗子到水面自动翻倒，咕咚一声就打满了水。

只有下放水斗子这段时间，摇辘轳之人最轻松，挺直了腰，抬起了头，松一口气。只可惜这时间太短了一些。有技术特纯熟之人，水斗子摇上来后，不用手拉，却抬起左脚，顺势轻轻一拨，就把水倒在池子里了。那动作简直舞蹈一般，潇洒至极，让人看了眼热。

摇辘轳浇园，一般要两个人。一个壮劳力摇辘轳打水，一个孩子或妇女拿了铁锨改畦口、看垄沟。男孩子若到十来岁，也会摇会儿辘轳，换下父兄歇歇，自己也在父兄指点下学学手艺。没有成年男人的家庭，十三四岁的男孩子，也就站在了菜园的井口，像模像样地摇起辘轳。乡亲们看在眼里，就知道这个家庭开始有顶门立户的男人了。

二

1965年春天，刘爷庙大队在地里打了第一眼机井，买来八马力柴油机，开始抽水浇小麦。全村的大人、孩子纷纷跑到机井旁边看热闹。

机手是本村人，原来在县城的农机站工作过几天，不知道什么原因回了家。现在满手油污，给柴油机加水加油，不停地摆弄。用手把柴油机"呼呼"地摇一阵，歇一歇，再摇一阵，柴油机没动静；用铁丝挑了蘸柴油的棉丝，点着火，靠在摘了铁帽子的进气口处，换个身体壮实的小伙子再摇一阵，柴油机还是没有动静。最后，找来长绳子，绕在柴油机的轮子上，五六个年轻人拉了绳子一头，听一声口令，拉了就跑，柴油机"突突"地冒了几股黑烟，惊天动地响起来，众人大喜。挂上传动皮带，水泵跟着飞转起来，一股粗水柱突然从胶皮管子里冒出来，人们新奇地围上来，洗手、洗脸，用手掬起一捧水喝两口，竟又软又甜。机手用破布擦着手，大声回答着人们的问话，脸上满是自得。

人们开始用这机井水浇庄稼。施了化肥、浇了机井水的小麦，竟不到十天就能显出优势：叶片黑绿，茎秆变得粗壮。人们尝到了甜头。

第二年又打了一眼机井，之后，几乎每年都要打两眼。成方连片的平整地块，差不多都能浇上机井水了。后来又陆续安了变压器，拉上了电线，电动机替换下柴油机。

那时，机井由大队的电工组统一管理，统一配置水泵、电机，统一维修。八个生产小队轮流使用，费用由小队分摊，一个月结一次账。小队浇地要先跟大队申请、排队，大旱时节，几个小队为争用机井，经常发生纠纷；机井、水泵、电机都是老伙里的，谁使用起来也不大经心在意，维护、修理更不及时，故障经常发生。因此，浇地的效率极低，费用却很高，各小队都不满意，大队却是费力不讨好。

1974 年，全大队重新调整了地块，每个小队原来的十几块地，合并成三四块。机井随地块分到了小队，水泵、电动机也分了。各小队在井少的地块又新打了机井，补充添置了水泵、电动机。这套设施都成了一家的，出了毛病要自家掏钱修理，各小队都各自精心维护，倍加爱惜。

地块在播种翻耕之前，一般要先洇一遍，这样出苗更全更壮；小麦一般要浇上两三次水，亩产达到了三四百斤。日常的农活之中，浇地成为重要的一项，在天旱季节，小队里要时常开两眼机井浇地。

一般浇地的劳力分作两班，轮换着吃饭、休息，水泵白天黑夜不停地出水。每班三个人，一名机手，负责维护机、泵，两个人负责看垄沟、改畦口。

这个时期用电极紧张，停电的时间比有电的时间长，后来新打的机井也没有架上电线，因此，浇地又主要用上了柴油机，这时的柴油机已经升级成12马力的，多是宁晋县生产的X195型，动力大了许多，但还是经常出毛病。小队的机手都没有经过专业培训，一上来就直接操作，用不了几个月，也就熟练了。电动机皮实，不需要专门维护，用它浇地，合上电闸就出水。柴油机就复杂多了，每天要检查两次机油，加两次柴油，每隔两个小时加一次冷却水，听到有异常声音要立即停机检查。因此需要一名机手时刻守候在一旁。不过，只要机子不出毛病，机手还是很轻闲的。离机井十几米的地方，铺个草苫子，晚上可以睡会儿觉。机手守着柴油机睡觉有特点，你若大声叫他，甚至用脚踢他，也许叫不醒、踢不醒，但你只要把柴油机一停，他"忽"地就坐起来——醒了。

看垄沟、改畦口的两个人就没有如此幸运了。有的地块离机井有七八百米远，垄沟经常溢水，需要反复巡视，晚上还要拎了桅灯，或拿了手电筒照亮。改畦口的人，要注意畦间是否跑水。只是时间久了，也难免懈怠。

离机井近的地块，或地势低洼、垄沟不憋水的地块，就不必时时巡视，可以多歇会儿。有时上游开了口子，没及时发现，看见垄沟里断了水，才赶紧跑去堵上。夜班更难熬，白天歇班时，在自留地干活玩儿了半天命，到夜里又累又困。尤其是到了后半夜，只要一闲下来，眼皮就睁不开了。从把畦口改开到灌满畦，要有一段时间，便坐在地上打个盹，往往这一个盹就睡过去了，等醒来已是一塌糊涂。有高人想了高招，新改开一个畦口，便走到畦的另一头躺下睡觉。身子躺在畦外，却把一只光脚伸在畦里，等水流到了畦这头，凉水泡了脚，一激灵，马上醒了，赶紧跑回去，再改开一个畦口。有年轻人也学着来，只是睡觉太死，凉水泡了脚却没有醒，直到畦里的水漫出来，把整个人都泡了，才醒过来，不过已经成了泥猴。

打麦场

每个生产队都有一个打麦场，有地方称作打谷场，此地只称一个字："场"。夏、秋两季，除玉米红薯外，几乎所有收割后的庄稼都要拉到场上；在场上脱粒之后，或缴公粮或留作子种、饲料，剩下的再分给社员。场大都设在村边，与兼作队部的牲口棚相邻，牲口棚的另一侧挨着村子，场的外边就是庄稼地，这里成为村子与野外的一个过渡地段。

场在每季使用之前都得重新修整。先套牲口拉着镶满铁齿的耙，划出一层浮土，然后，人拉着拴绳子的破大锅，用锅沿细细刮平，泼上水，稍晾，铺上往年的麦秸，用碌碡反复碾压。经如此整治，再晒干后的场面就平整、坚硬、光滑了。

在场上干活的大多是中老年妇女，还有三四个老汉负责技术活，其中一个人当"场头"，负责场里的大小事情。场里的活计头绪极多，且环环相扣，场头必须经验丰富，头脑清楚，把所有活计事先筹划周详，安排得体。另一方面，离家近，妇女们在场里干着活，总扯记着家里的猪、鸡、孩子，常有人找借口回家，收拾一阵家务再回来。场头还得能拉下脸来，对极不自觉的人批评几句，挨批评者自然脸上无光，别人听了，也会有所收敛。一个好场头的素质，应该不亚于队长。

上场的庄稼要先把多余的秸秆去掉。麦个子要用铡刀从中间一铡两截，留下有麦穗的一截，剩下的麦根或分给社员做烧柴，或用来积肥；按铡刀的活很需要力气，有粗些的麦个子，需要按刀人踮起脚来，压上整个身子重量，顿挫几下才能铡下来；这活上年纪的人干不了，要由队长临时派两个小伙子来。

切谷穗就从容多了。由一群上年纪的妇女，分别坐在谷秸上，嘴里说着家长里短，左手攥一把谷子，右手虎口夹一把特制小刀，切下谷穗，名曰"掐谷"；

也有的用一把一尺多长的弯刀，把谷穗削下来。

高粱在地里收割时就把穗切下来了，只把高粱穗打捆运到场里。

把分离出来的庄稼穗摊开在场上反复晾晒，干透后，套牲口拉碌碡碾压。碾压大都是由牲口把式操作，用长绳子牵着牲口，以绳子长度为半径，让牲口拉碌碡围着把式转，一边转把式一边挪动位置，如恒星带着行星运转一般，一碌碡挨一碌碡地碾压，把整场庄稼穗均匀碾压几遍。把式要背一荆条筐，筐里有瓦盆，牲口若突然停下来，就是要拉粪撒尿了，把式赶紧跑过去，用筐接住。

碾压之后，用杈子、木耙等工具，把瓤子分离出来，把剩下带糠皮的粮食堆到一处，再扬场，靠风力把糠皮吹出去。

扬场是技术活，还需要几个人密切配合。首先要看天气，选风力合适的时机，没有风不行，风太大容易回旋，也不行。扬场者先试过风向，找好角度，站在带糠的粮堆旁，手拿柳条簸箕；一助手手拿木锨，铲起粮食，手腕一翻，抛进扬场者手中的簸箕，扬场者顺手扬起，"唰"的一声甩出去，粮食在空中散成带状，落在地上却成弓形，糠被风吹到一旁；簸箕刚刚收回，又一锨粮食正好"抛"到，不需等待。收回的簸箕，扬场者要侧身一只手拿着，簸箕头要抬高，供锨者要把粮食抛进簸箕的后部，这是能甩得远、甩得干净利落的最佳部位，木锨还不能碰到簸箕。二人配合默契，动作潇洒，不用说话，不用眼看，每一个动作都和着节奏，简捷规范，简直是艺术表演。

一旁还有一助手，手持扫帚，在扬出的粮食与糠皮之间扫出一隔离带，把落在粮食上的碎秸秆"漫"出去。这个"漫"也很需要分寸，是用扫帚漂在粮堆表面，只把略轻的秸秆扫走，不能带走下面的粮食。他工作时扬场并不停下，要冒着粮雨，迎着飞糠工作。防护用具只有一条口袋，是把口袋底折出一兜，顶在头上。早年，也常有人如此折了口袋作雨具。

隔离带近处的糠皮里会带进几粒粮食，最后还要把这一部分分离出来，再扬一遍，真正做到颗粒归仓。

落在地上的弓形粮堆名曰"码道"，码道头的粮食颗粒饱满，码道尾的粮食秕瘦，精细的场头会把它们分装出来，供队长分派不同的用场。

一个收获季节过去，粮食入了不同的仓、囤，作饲草的滑秸、谷秸垛在场的一角，作烧柴的秸秆分给了社员，积肥的秸秆填进了猪圈，场上又干净了。

拾柴火

人们做饭以烧柴火为主，每年的秋季，大都要备足一年的燃料。实在不够烧了，第二年夏天才花钱买煤，在院子里拉风箱烧铁炉子做饭，这就很不合算了。庄稼的秸秆，生产队要先留足适合喂牲口的，如谷秸、麦秸、山药蔓等，还有用玉米秸凑合的；剩下牲口不吃的高粱秸、棉花秸等才分给社员做燃料，数量远远不够，因此，一到秋季，拾柴火就成了人们的一件大事。成年人出工下地要抽空拾柴火，上学的孩子们放了秋假，主要活计就是拾柴火。

拾柴火最常用的工具是"耙子"，有钢丝耙子、竹耙子两种，钢丝耙子是用二尺长的木条做骨架，骨架上打一排小眼,间隔约一寸五,穿上一排黄豆粗的钢丝,每根钢丝长约二尺,另一头弯成小钩,骨架正中装上长木把。使用时以小钩着地,人双手握住木把,在收割完庄稼的地里拉着走,地上枯草、碎叶,便被钩子搂起来,串在铁丝耙齿上,越积越多,直到密密实实地串满整个耙子。还有一种极大的钢丝耙子,足有四尺多宽,要拴了绳子,套在肩膀上才能拉动,多是成年人使用这种大耙子,据说在合作化以前,这种大耙子是套牲口拉的;被这种耙子拉过的地块,光秃秃得几乎寸草不留。竹耙子是用几十根细竹篾子做耙齿,用柳条将其编结成一排,另一头火烤弯勾,竹耙子一般比钢丝耙子的耙齿要密一些,多用来搂树叶、柴火碎末之类。竹耙子和小号的钢丝耙子都能在集上买到,一般买回家,自己再下手装上木把。

孩子们每天吃完饭,三五个人一伙,背着筐,拉了耙子,直奔前一天已经选好的目标地块。耙子在路上也是拉着走,路上散落的零星柴火也被搂了起来。地里的庄稼已经收割干净,仅剩些许碎叶、杂草,把筐放在地中间,便拉了耙子满地转,耙子上的柴草满了，回到筐前卸下来，然后再拉。孩子们大都边拾柴火边玩耍，逮蚂蚱、捉蝈蝈，偶尔碰上一条蛇，叫来伙伴，几个人一起捉住斗弄。蛇最怕烟袋油，孩子们跑到附近干活的人群，找抽旱烟袋的人，用细柴草从烟袋杆里捅出黑褐色的烟袋油，拿回来，抹在蛇的嘴里，只需抹一点点，蛇便浑身摆动、颤抖，不久便会死去；此时还可以解救，采来一种叫"燕子尾（yǐ）"的野菜，其梗折断后流出白色浓汁，将浓汁抹在蛇的嘴里，一会儿工夫便可解了烟袋油的毒性。孩子们一旦玩起来就忘了干活，一看天晚，拾的柴火还不多，怕回家挨骂，便到附近铺满秸秆的地里，抱回一大抱半干的秸秆，折短了，裹在搂的碎柴草里。

秸秆都是在地里分给社员，各自运回家，因此丢落甚少，拾柴火的人又极多，地里大多光秃秃的。孩子们找到能拾到柴火的地块很不容易。有人便生找巧之心，把还铺在地里的秸秆，替人家堆成堆，再把剩在地上的碎秸、叶子搂起来，这当然不能让人家看到。

把碎柴草装筐也需要技术：用手拢出一堆柴草，略加理顺，用双膝跪在上面，压成一坨，去掉两边虚接的柴草，然后双手抱起来，放在筐上；之后再整理一坨，再装，直到把拾来的柴火全部装完，用筐绳勒紧，系上活扣。装得好的柴草筐，要四边整齐、方正、密实，背着走在路上，柴草不能掉落。

霜降之后，就可以搂树叶了。路边、河旁有很多柳树、杨树，树上的叶子黄了，不等落下，孩子们便开始行动。先爬上树，用木杆子抽打树枝，让叶子落下来，等落满厚厚一层，再下来，用竹耙子搂成堆，装在大包袱里，用筐背回家。

实在搂不到了柴火了，还可以拾残留在地里的庄稼茬，多是在翻耕过的地里搜寻，看到某处露出些许细跟，下面必是一棵残茬，用二齿小镐刨出来，敲打干净泥土，聚少成多。早些年还可以刨谷茬，谷茬细短，也不大好烧，多留在地里，成为孩子们的"宝物"；后来有心计的队长，把谷茬用犁耕下来，按垄分给本队的社员，各家把分到名下地段的谷茬敲打干净，运回家。拾柴火的孩子们又少了一项资源。

拾柴火还可以找一些"巧"，往家运却是实实在在的力气活，一筐半干的柴火要有三四十斤重，十来岁的孩子背起来极为吃力，要跪在地上，把筐背好，再慢慢爬起来，身子要弯成九十度，把柴火筐驮在背上，远远看去，只看到柴堆下面两条快速迈动的小腿，竟似柴堆在自己走动。走上一里多路，就要放下筐歇息一下，等挨到家，咕咚一声把筐扔在地上，人也瘫在地上爬不起来了。有家长看天晚了，拾柴的孩子还没有回来，寻路接应一下，边走边呼唤；路上的孩子听到父母的叫声，便有了救星一般。只是同伴中无人接应的孩子，除了继续背着这份沉重的负担之外，又多了一份不如人的委屈。

拾回家的柴火，先摊开晒干，然后垛起来，院子大的人家，垛在院子里，院子小的则垛在自家墙外，孩子们每走过自己拾回来的柴垛，便很有几分成就感。

拾山药

生产队里收割庄稼，丢落较多。在物资紧缺的年代，地里产出来的东西，也都极其珍贵，人们把落在地里的粮食、柴火再拾回家，便成为极普遍的事情。拾麦穗、拾谷穗、拾高粱、拾棒子、拾花生、拾棉花、拾山药等等，总之，收割落下了什么，人们就拾什么。拾的手段也无不所用其极，真正做到了颗粒归仓。其中以拾山药手法最多，最有代表性，因此，只将拾山药叙述如下。

种植山药，是用牲口拉犁起埂，在埂上栽培，山药的块茎生长于地下，很难刨干净，也因此给拾山药留下极大的空间。山药地一旦刨完，生产队便集中所有牲口，拉犁杖翻耕。一套犁杖后面跟一个人，专门拣翻耕出来的山药，拣的山药集中起来，用大车拉回场院，再分给社员，一般二三十亩山药地，可拾回一大车山药。如此拾过第一遍山药地，人们还要用铁锨再细翻一遍，拣拾剩下的山药，这次便是个体行动，谁拾了各自背回家。

拾山药要想事半功倍，只有抢在生产队翻耕之前拾第一遍，这需要碰运气，但首先要信息灵通，大凡哪块山药地刨完了，都有人特别留意，第二天就要早早前去。几个在一起睡觉的半大孩子，窗纸刚发白，便有一个突然惊醒，招呼几个伙伴起床；说来也怪，这些睡着了跟死过去一样的孩子，若是父母叫他起床，喊三五遍不一定能叫醒，此时同伴轻轻叫一声，便骨碌一下爬起来，穿衣叠被，拿上已经准备好的铁锨、荆条筐，几个人结伙去了。

到了前一天刨完的山药地头，那里已经聚集多人，都是背筐拿锨来拾山药的。只是生产队已经派人在山药地看着，不让人们进地，要等队里翻耕拾过一遍再放开。等着的人群自然不肯散去，等看地人稍稍离开，立即进地，抢着挖几铁锨，拾上几块山药；看地人赶过来了，再退出，如此反复。拾山药的人群越聚越多，地的两头都站满了人，地头大都有五六百米长，且秋季多雾，看地人只顾看管这头，那头的人们却拥进了地，抢拾起来；等看地人发现了跑过去，这头的人们也乘势一拥而进，瞬时，地里人山人海，低头猛翻。看地人喊哑了嗓子也无济于事，见大势已去，只得作罢。甚至趁机加入拾山药的人群，也拾了起来。此举在当地名曰"哄了"，即哄抢之意。据说在更早的时候，村里的贫民们也经常"哄了"财主收割不及的庄稼，因为此举是众人自发所为，并无组织者，无论是被"哄"的主人，还是官府，都无可奈何。抢拾未翻耕的山药地，大多只顺山药埂翻挖，不到一个时辰，几十亩山药地就被翻挖殆尽。人们实在找不到"处女地"了，才意犹未尽地背筐回家，大多满载而归。

拾山药者多为外队的人们，本队社员一般不会抢拾自己队里的山药。有精明的队长，或事先多派人看地，或临时带人支援，拾山药者便不能得逞。

双方在地头僵持一会儿，拾山药者只得慢慢散去，自然不肯回家，在附近找块已经翻耕过头遍的山药地，再翻挖第二遍，这自然就从容多了。这地里已经分不出哪里是埂哪里是沟，只得盲目翻挖，一般要一次翻挖两埂两沟的宽度，这样总会有两个埂在里面；把铁锨垂直入土，尽量挖得深一些，超过犁杖翻的深度，只有如此，才略有所获；并且不论山药根、山药拐子，统统拾进筐里。挖时间长了，也会偶尔听到"咔嚓"声，一块大山药被铁锨一切两截，留在地下的半截，露出白色圆面，极为醒目，拾山药者瞬时欣喜过望，甚至会拿起山药向同伴炫耀一番，再放回筐里。这样挖上半天，手快的也能拾满筐头。

还有一些有心人，若夜间下过雨，也是早早起来，背筐在翻过的山药地里转。被浮土遮住的山药，让雨水冲刷出来，此时尽落此等人的筐中。此种拾山药的方式，有一个很特别的名称："拣洋落（lào）"，大意是说，不费力气，白捡东西。

也有拾山药者，舍不得卖死力气，转半天拾不到多少，路过还有没刨的山药地，悄悄进地挖上几棵，这自然比拾快多了，几铁锨就挖满了筐头。这偷的山药块大、整齐，要放在筐头底下，上面再盖上拾来的零碎山药，以遮人眼目。

在吃不饱的几年，拾回家的山药，要先分拣，略好的人吃，剩下的再喂猪；粮食稍多之后，即全部喂猪。洗净入锅熘熟，用手攥烂成泥，再拌上粗料，倒在猪食盆里，那猪也分不出这是拾来的山药，照样吃着香甜。也有拾的山药太多，一时喂不完的便提到房顶，摊开晒干。此地的住房，都是平顶，每到秋季，屋顶就成了人们的"场院"，花生、芝麻、切成片的春山药等统统提到屋顶晒干；玉米棒子则一直码在屋顶，到冬闲了再吊下来脱粒，有浪荡人家，竟会一直放到第二年春天。晒干的小山药，用电磨磨成面粉，再掺了粗料喂猪。

植　树

　　地里的机耕路旁，两行毛白杨长得郁郁葱葱；小白河的河边也长满茂密的柳树。人们在地里干活累了，可以坐在地头的树荫下，让凉风吹去身上的热汗，那滋味比如今坐在屋里吹空调，还惬意十分。

　　这些树大都是由村里的青年专业队栽植的，时间是在 1970 年前后的几年。

　　一开春，封冻的大地刚刚解冻，村里就组织起青年植树专业队，以青年团的活跃分子为主，男男女女二十来人，团书记是队长。此时地里还没有多少干活的人群，这帮年轻人就迎着寒风工作了，身上穿的还是过冬的棉衣，小伙子们戴有两个帽耳的棉帽或蓝劳动布单帽，姑娘们围红红绿绿的纱巾。春季风沙大，在野外干半天活，身上、头上会落下一层沙尘，收工了，要摘下头上的帽子、纱巾，用来抽打身上的棉衣，掸掉了尘土的布料才恢复了本来的颜色。

栽柳树的工艺不复杂。三五个人负责"制作"树苗，原来河道旁有稀稀落落的柳树，从树上砍下树杈，选取鸡蛋粗细的枝条，截成一尺半长的段，在一头砍出斜尖。这便是树苗，当地人称"柳树栽子"。其余的人，拿铁锹，拿铁锤，在河边的斜坡上，把柳木栽子砸进土里，在上面培两铁锹土，用脚踩实，一棵树这就栽成了。在河边栽树，不用分行，把株距大体掌握在三四米便可，栽过去的地方看不见树苗，只有不太显眼的小土堆，星罗棋布地留在那里。

过两个月，土堆下便长出一簇细嫩的柳条，如果雨水充沛，柳条当年就能长到半人高。第二年春天，每簇留下两三根枝条，其余的用镰刀砍下来；再过一年就长成了小树，每簇只拣粗壮的留下一棵；三五年过去，河边便成了密密的小柳树林。

栽杨树就费事多了。首先育苗，村南的刘爷庙疙瘩已经被人们取土挖成了坑，平整出二亩大的一片作苗圃；买来大拇指粗的杨树苗，截成一尺长的段，在苗圃里开沟，把小树段密密地扦插在沟里，之后浇水；出牙后还要追肥、继续浇水。两年后树苗就可以移栽了。在路边栽树，行要直，株距要均匀。机耕路是在1965 年修的，在公社的工作组督促下，全村的耕地被划成了大方，间隔五百米修一条机耕路，路宽且直。路边是二尺来深的沟，树就栽到沟里。先在沟里挖坑，每两步远挖一个，先在一头栽上一棵较大的树苗，然后一个人站在另一头用眼标齐，每竖起一棵树苗，那人用手势指挥或左移或右移，最后找准位置固定，其他人填土，踩实。等一条路栽完了，借用附近的机井，在沟里灌水，这是最后一道工序。如此栽下的杨树，几乎都能成活。

小树栽下后，大队安排两个老汉专门看管。这是两个极负责任的老人，年轻时就在村里当民兵、当护秋团，上了年纪，跑不动了，安排了这个养老的差使，也算是人尽其用。小树长到鸡蛋粗时最不好看管，常有人偷偷砍下来作农具的木把，看树人也有办法：在好好的树干上，砍上两刀，留下疤瘌，这就没人再偷了，但长大长粗之后，却并无大碍。

大队几乎不用花钱，只是多出几个大队工分，对各小队的生产也没有多大影响，却成就了一项极好的事业。

在专业队里劳动，并不比在生产队干活轻松，但这里有政治活动的意义，如果表现积极，以后或入党，或参军，或挤进大队的哪个摊子挣长期大队工分，这也是一个台阶。因此村里的年轻人多愿意参加专业队。并且各队的青年男女集在一起劳动，没有了父母监视的眼睛，说笑打逗更自由。几年下来，路旁河边的小树栽满了，栽树的人群里竟也同时成就了几对夫妻，如今他们的孩子都长成大人了，这也该算成果之一吧。

脱坯烧窑

一

　　脱坯，即由人工把黏土合成的泥，装进模子，制成土坯。土坯入窑烧制，即成砖；二十多年前的北方农村，人们盖房砌墙，表皮用砖，里子直接使用土坯，这种二合一的屋墙，既少花钱又抗风雨且保温；院子的围墙则统统用土坯砌成，两面抹上掺了麦秸的黄泥，隔几年，黄泥被雨冲刷了，再抹上一层；盘土炕，也是用土坯，睡几年，下面的烟道糊住了，拆了重盘，拆下被烟熏成漆黑色的炕坯，是极好的肥料。如今土坯都被砖替代了，砖窑上的制坯，也早已改用机器，因此脱坯这种工艺基本失传，且取消黏土砖的呼声日益高涨，土坯的最后消失，看来也为时不会太远了。

早期的传统砖窑，烧制青砖。是在野地里，选土质适合拓坯的地方建窑。用砖砌一大圆筒，高六七米，直径四五米，上口略小，四周培厚土，成巨大的空心圆台。窑壁上留两个小门，用来装坯出砖，最下面留烧火的火道。砖窑最初是私人经营，合作化以后收归集体，后来成了大队的副业摊子。在窑上脱坯的人员要求技术精湛，所以相对固定，不仅有本村人，还有几个附近村子的人。按脱坯数量开工钱，每一千块土坯大约一块五，每年春天的惊蛰节气过后开始上班，工作两个半月，到雨季停工，等到秋天的白露节气，天高气爽，又开始工作，到上冻之前停工。制出的坯晒干码成架，用草苫子盖好，陆续供砖窑使用。上一季制出来的坯，一般能接续使用到下一季。

烧窑的伙计有七八个人，一名经验丰富的老师傅领头，一年四季在窑上劳作。烧窑的人大都迷信，即便是在当时的政治气氛下，老师傅仍然会在开火前，在窑口偷偷摆上供品，点上香，虔诚地磕三个头，嘴里嘟哝着祷告一番。大队干部们佯作不知，任其所为。拜神的程序过后，开始烧火。先烧大火，伙计们替换着连续填煤，窑里的火烧得呼呼作响，连烧四五天，温度烧上去了，改为小火慢烧，保持温度即可，再烧几天，窑内的土坯统统红透，止火。在窑顶上用土做水池，加水，让水汽慢慢渗入窑内，把砖的红色蒸成青色。再晾数天，即可出窑。

脱坯有精制、粗制之分，烧砖用的土坯需要精制，其他用途的则可以粗制。脱精制土坯，首先要平整场地，场地设在砖窑周围，用铁锹、铁扒等工具粗平，再用一破铁锅扣在地上，拴绳子拉着在场地内转圈，凸出的地方被锅沿刮平，要连刮数遍，使其平整如镜。第二道工序是备土料，有些黏性的黄土最好，用小车推来，倒在场地一头，堆成长条，整出四周高、中间凹的水槽；之后在水槽里灌水，务必把土料浇透；洇透水的土料最少要放置一夜，第二天才可以使用。

天不亮脱坯人就开始摔泥，用专用铁铲把泥铲起，用力摔在一旁，要连续摔两三遍，方可摔熟。一次只可摔出三四百块坯的泥，脱完了再摔，防止时间久了，水分流失过多，泥块发硬。把泥摔好，开始脱坯，用三条腿的专用板凳，把一头的独腿插进泥堆，以利于稳定；脱坯的木模——当地人称"斗子"（斗子上有三个槽，一次可脱三块坯），用水事先泡透，里面沾上砂土，放置在板凳上；用半月形铁片，从泥堆上连续挖下三块泥，然后双手把泥块滚三下，使其成为三角形，右手托起泥块，用力摔在斗子的一个槽里，务必使槽的四角都灌满；三块泥都装好了，用特制弓子的铁丝弦，在斗子的上口平割一遍，把多余的泥块割下来；然后两手端起斗子，走出数丈，在场地上摆正，猛然扣下，使斗子磕到地面，让里面的土坯脱落下来，慢慢提起斗子，走回去，斗子里面再滚上砂土，至此，一个周期完成。脱在地上的土坯，要间距均匀，一行行排列整齐。

　　一般在午饭之前，每个人要脱出一千多块坯，下午只整形、码架。整形是先用斗子后背的平面，把摊在地上尚可塑的坯平压一遍，然后把坯在地上竖起来，用一小木板逐个三面拍过，使其个个周正，没有毛边。经过半天的日晒、风吹，土坯基本定型，开始拾起来，码成长条形坯架，坯与坯之间，架与架之间，都要留出间隙，以利通风。然后准备第二天的泥，有专人用小车推土，送到场地，把井水打上来，流到土堆旁的水坑；脱坯人只需就近打水把土料洇上。下午不再脱坯。

一天的活做完，脱坯人大多已是筋疲力尽，吃过晚饭，早早入睡。在农村的各种活计里，脱坯最累，因此窑上的伙食也最好，在粮食紧缺的年代，脱坯人也可以敞开肚皮，一天吃三顿白面，还不收伙食费。在窑上脱坯，是村里的小伙子们都羡慕的活计，可惜，一般手笨的人做不来，有的人脱了半辈子坯，也脱不出能入窑的精品，只能脱垒围墙、盘炕的粗坯。

二

从 1964 年开始，冀中平原的农村，开始了一个盖房潮流。前几年，大都是翻盖旧房子，拆旧房的材料，凡能用的统统用上，实在不够了，缺什么再购置一些。一般垒基础、房檐及"卧垒"时用旧砖，仅"戳斗"

用新砖，这样，花几十块钱，买两千块青砖就够盖三间房了，远处看来还跟新房差不多。当地传统的夹皮墙，外皮包砖，要卧垒一层，竖垒一层，为的是跟里墙的土坯结合紧密。竖垒的这层名曰"戳斗"，用砖不多，却很显眼。翻盖旧房毕竟有限，一批小伙子到了婚龄，需要大批新房，砖的需求量大增。传统的青砖窑，建设投资大，烧起来费人工，还产量低，因此价格高。一种烧红砖的简易小窑便应运而生。

这种窑，都是农户自烧自用，没有专门经营此业的。在村边的麦场里，拉来土料，请人帮忙脱坯，然后紧挨坯垛垒小窑烧砖。小窑为圆柱形，上下一般粗，跟电影里日本人的炮楼相似。名曰"窑"，其实没有窑，就是把晒干的土坯一层层码起来，最外圈的一层砌密实一些，表面再抹上麦秸泥即可。窑的大小随意，不管烧三万块或五万块砖，都是垒成一个窑。垒窑需要请有经验的师傅指导，最初要从外村请师傅，烧过几次，有心计的人就掌握了要领，再以后，本村也就有了烧窑的师傅。

传统青砖窑，是把坯装满后，从火道填煤烧火；

红砖小窑是在码坯时，把煤同时装进去，烧小红窑的技术关键在于装煤。一般每块砖需装二三两煤，码一层坯，撒一层煤，下边几层要多撒，往上逐层递减。根据坯的数量，大体确定窑的直径，逐层码上去，把所有的坯全部码完为止。一般需要二三十个乡亲帮忙，有人用小推车把坯运到窑前，几个人蹲在上面码，码满一层，众人用荆条筐背来碎煤，撒在坯上，师傅在旁指挥，并记着筐数，每层大体撒若干筐。几万块坯，一天码完，最后外层抹上泥，就开始点火。在窑下边一侧的地上掏洞，在洞里点火，先用柴火引着干柴，用干柴烧上几个小时，直到把窑里的煤引燃为止。此时便大功告成。以后十来天，只需窑主人每天来看看，发现外层的泥有了干裂缝，用泥补上即可。最后，窑里的煤燃烧完毕，土坯就成了砖，过若干时日，晾凉了，找方便时候再拆窑出砖。出窑时把砖分类，靠近外层的砖火候小，但不变形，名曰"面砖"，用来垒房的中、上层；窑中心部位火候大，砖有变形，但极坚硬，耐腐蚀，用来垒下层基础。有装煤量过大的，中间部分的砖块会烧结成一坨，这部分砖就作废了。

帮忙装窑的乡亲，要管三顿饭，预备些旱烟末、一毛钱的烟卷；指挥烧窑的师傅，若是外村人，要格外招待，一到现场，先给一盒两毛五分钱的"佳宾"烟装在兜里，午饭、晚饭有酒有菜，还有人陪着在屋里吃。后来请本村的师傅，就不同了，要跟众人一桌吃饭。点着火的当晚，众人已经散去，主人才再备一桌酒饭，犒劳一下师傅。当地有讲究："一个棚里不能待两样的客人。"本村人都是来帮忙的，不论师傅还是壮工，招待上要一视同仁。

　　烧红砖窑用精制坯。脱坯也是请人帮忙，大多是原来大队青砖窑上干过活的技术人，也有后来逐渐练出来的新秀，这些技术人需要烧窑主人逐个到家去请；走动紧的乡邻们则自动前来帮忙，做些粗活。一般做粗活的人比技术人还多，因此，脱坯人不再干摔泥、码架等粗活，专职脱坯。脱坯用的板凳、弓子、挖泥的铁片，大都是脱坯人自带，斗子则由主人花钱租来。不等天亮，做粗活的乡邻先来，潲水、摔泥、准备砂土等等；太阳出来了，技术人才来，此时准备工作已经就绪，只管下手脱坯。一坨摔好的泥，过上一会儿，稍嫌硬了，喊来做粗活的，再摔一遍。脱坯人很是神气。

有做粗活的年轻人，找机会换下脱坯人，悄悄脱几斗子坯，练练手艺，后来不少的脱坯技术人就是这样练出来的。其实脱坯并不复杂，把泥块装进斗子，再扣出来就是坯，但未经训练的人，很难做到质量好、速度快。脱坯的动作简单、重复，但每个动作都要做到最简捷、最省力、最到位，因此都有要领，只有按照要领做了，才有好的效果。有如士兵的队列动作，看似简单，实则每一个细节，都是经验的总结，凝聚了前人的心血，因此是最科学的。

前来帮忙脱坯的，不论技术人还是做粗活的，都是管吃饭、管抽烟，招待标准一致。但比起盖房、装窑等，脱坯的饭食要好很多，都是吃白面，最多在白面里掺些白棒子面；要面子的主人，午饭、晚饭还有少许荤腥。最大的不同是每天吃四顿饭，除正常的三顿饭之外，傍晌午还有一顿加餐，名曰"巳时包子"，种类多为素馅儿包子，也有伴以炸油条的，用大笸箩装了，送到脱坯的场地，众人简单洗手，狼吞虎咽地吃几个，喝几口开水。

烧一窑砖，盖三四间房用不完，剩下的砖卖了，就够脱坯、买煤、烧窑的花销了，净赚一座房子的砖用。村里有日子宽余的人家，盖房为了省事，不再烧窑，托人到窑主家说合，就近买了。

三

盖加皮墙的房子，砌墙用的土坯比砖还多，盖房之前，即使不自家烧窑制砖，也必要请人帮忙脱坯，这是必不可少的事项。

这种砌里墙的坯粗糙一些也能用，但用量大，制作起来同样不省事，事先的筹备诸事一样也不能少，提前十几天就开始准备：把小麦用水淘过，在大笸箩里晾一夜，让麦粒充分滋润，再送到生产队的电磨坊里磨了，磨白玉米面简单一些，用簸箕簸去杂质，装进口袋即可上磨；脱坯的"斗子"，要到邻村租用，事先与出租人定好需用的数量、使用的日期、租金价格等等，脱坯的前一日，出租人便给送到家来，用完后送回，再按使用的天数结账；铁铲、板凳等工具，要一家一家串着借来；找队长、会计等人商量各种细节。当时惯例，社员家不论红白事、盖房、脱坯等，都是由本队的队长、会计等管事，管事的到时接手其事，事主却就成了甩手掌柜，诸事尽可不问，只管低头干活。

脱粗制坯，技术要求不高，脱坯人的手艺大可凑合，手脚利落的小伙子们，略经锻炼，差不多都可任其事。不少年轻人趁此机会练手，手巧者，脱一段时日的此等粗坯，就可脱烧砖用的精制坯了。

盖房请人脱坯，虽然花钱不多，却是一项不小的工程，主人家操心费力不说，欠下乡亲们的人情亦是一种"债务"，尤其是没有成年男人的家庭，别人家有事帮不上忙，自己求人也难张其口。应运而生，又一种制坯技术、运作模式逐渐被一些人家采用，即雇人打坯，按件付钱。

把黏土直接填入模具，用石夯砸实，除去模具，就是可搬动的土坯，当地人称这种坯为"碡（zhǒu）坯"。这种坯比烧砖用的坯大一倍不止，其结构密实，表皮光滑，因此极耐雨水冲刷。早年村里的土坯房子多用此物，外面不需抹泥保护，住几十年也不会倒塌。后来不再盖土坯房子，这种坯也就多年没人制作了。其实用磉坯砌墙里子，不如制砖的土坯好用，因为磉坯比砖厚得多，为跟砌墙皮的砖合层，需要瓦匠有极高的技巧。但一些人家为了省事，不得已才用。

雇人打磉坯极简单，不需主人家准备什么，也不需提供帮手，打坯人包干做活。多为五到十几人结成松散的一帮，每年春、秋两季做活，按打坯数量收钱。有准备打坯的人家，只要找到其中一位，讲好价钱，定好所需数量、完工时间即可，其他人员，由接活儿人自行组织，根据活的大小，时间是否充裕，人员可多可少。场地由主人提供，多为村边的自家自留地，就地挖土使用，过后再平整了继续种庄稼。

打坯人自带工具，一早进入场地，相互拉开适当距离，开始工作。先铲去地表层干土，取用下面略湿润的土料，土料只要能手攥成团，手上不留水渍最合适。地面铺一块坚硬光滑木板作底，摆上模具，插上锁销，即可装土。土要装得高出模具很多，先用双脚踩实，然后以石夯捶打，把土捶打得与模具齐平，表面光滑即可。技术熟练者，每块坯只捶打六下，一下也不肯多打，少打一下也不成。石夯有二三十斤重，圆台状，底面极光滑，上装半尺高的十字木把。之后，卸去模具，双手小心托起新坯，码在架上。坯架为开口的环形，直径六七尺，环绕在打坯人周围，每层坯的个数、坯架的层数都是算好的，一天下来，码成一架，三百三十四块，三天打满三架，正好一千块坯。

打坯人在自家吃早饭，午饭自带干粮，主人家送来开水，就地吃了，抽支烟，继续干活，下午不论早晚，一架坯打满即收工。最后完工，与主人一起数坯架，算工钱。当时的价格，大约每打一千块坯五六块钱，一个活做下来，每人能分得十几块钱，也是一笔不小的收入；主人家虽比求人脱坯多花些钱，但省心省力，也算各得其所。这在当时是新鲜事，人们习惯了有事求乡亲们帮忙，花钱雇人干活是旧社会事情。其实，互助也是一种人情往来，既是"往来"，就要有来有往，当然不一定是你今天给我半斤，明天我必须还你五两，但欠下的人情账总是需要还的，并且，你也应该具备还账的能力。有强壮男人的家庭求人，是人情往来；

孤儿寡母的家庭求人，是求人怜悯，个中滋味大不一样。

坯架要在场地晾晒一些时日，等使用时再往回运。尚没有高秆庄稼的地里，立了一大片圆圆的砖坯架，远远看去，也是一道风景。只是摆放久了，多成为下地干活人的拉撒之所。

农户盘炕、垒墙等零用土坯，大多自己下手脱。拉来土料，或在麦场，或在自家院子，借来工具，挑水洇土，摔泥脱坯，没有成年男人的家庭，妇女孩子一齐下手，也能勉成其事，省了麻烦乡邻。尽管手艺有好有差，但好歹自用，都能凑合过去。打砖坯的模具不易借到，且技术不好掌握，因此，自家零用，很少有打砖坯的。

打机井

　　人们出工下地时，突然发现远处多了一个高高的架子，上面有巨大的轮子，里面还有人蹬着大轮徐徐转动，这个新奇的东西，矗立在一望无际的大平原上很是显眼。有知道的人告诉大伙：那是打机井的架子。人们大多知道机井是怎么回事，相邻的凤凰堡村就打了一眼，已经使用它浇地了。这时间是在 20 世纪的 60 年代。干活离着近些的人们，趁中间休息时，跑到架子跟前看个仔细，放学的孩子们还专门从村里跑了来看热闹。

　　这时的打机井架子完全使用人工，是用六根十几米高的粗木杆搭起来，最上端架大木轮，直径约四米，宽一米；木轮的轮圈用一米长的两排木板联结而成，因此木轮成菱形，轴用圆钢，辐条用粗钢筋。轮外绞竹缆绳，竹缆绳是由三厘米宽的竹篾子连接起来的，下端吊打井的铁锥。木轮一般由四个小伙子蹬动，在轮内走成两排，每排两人；向上提锥时费力气，尤其走在前排的两个人，如登山一般脚向上攀爬，要攀到木轮的半腰，才能使大轮勉强转动，把装满泥浆的铁锥从井底绞出来；往井眼里下放铁锥时，靠铁锥自身重力就能拉动木轮转动，此时就轻松许多，蹬轮人靠体重阻滞木轮，防止转动过快，这时走在后排的两个人又被带到木轮的小半腰，如下山一般，前排人用手攀住铁轴，后排人扶住前面人的肩膀，共同保持身体平衡。

居住在平原上的人们，平日都是活动在一个平面上，极少有登高的机会，若在夏秋季节，地里的大庄稼还会遮住视线，更添憋闷。打机井蹬大轮者，登高远望，俯瞰脚下的土地，望着一群群弯腰劳作的乡亲，心里自是舒畅、自豪。

木轮与地面之间，架一木板平台。铁锥下放到井底，在竹缆上固定两根十字交叉的木杠子，另有四个小伙子站在平台上，手握木杠，奋力抬起、按下，重复着一个动作，嘴里"咳呦咳呦"地喊着号子，比起上面的蹬大轮者自然少了几分潇洒，多了几分苦累。竹缆拉动铁锥在井底作往复运动，把下面的土层捣成泥浆，使井眼随之往下延伸。打一会儿，底下的泥浆稠了，再由轮上的四人蹬动大轮，提上铁锥。铁锥是四米长、十厘米粗的钢管，里面装满了泥浆，下端有活动阀门，等铁锥全部出了井口，一个人拉起下端，磕开阀门，泥浆"哗"的一声喷出来，顺渠道流到一旁的大坑；拉锥人还要扬起手中的铁棍，"当当当"用力敲击铁锥几下，使粘在壁上的泥块脱落。这敲击声如钟声一般，极是洪亮，地里干活的人们老远就可听到，在夜间，甚至可传入村里人的睡梦中。

打井要随时记录下面土层的变化，尤其要注意沙层到地面的距离、沙层厚度、沙粒大小。因为沙层是积蓄地下水的"水库"，只有沙层厚、沙粒粗，井水才充足。铁锥打在黄土或黏土上，下锥快，有切泥的顺畅；打在沙层上，有反弹的手感，锥不易下进。若出现沙层的手感，要及时提出铁锥，放出泥浆，查看是否有沙、沙粒大小，并记录在本子上。

木架子打机井，最多能打七八十米深。等出现的沙层累计有了十几米，便可停锥下管。若打到极限，仍未出现有效的沙层，或沙层极少，这口井眼便要作废，把架子另挪一处地方再打，这种情况有，但不是很多。

最后还要在井眼里下上管子，这是为了支撑泥壁，防止坍塌。井管也是木制，用六厘米宽的长木板拼成，直径约二十厘米，外面捆上铁丝固定。在有沙层的位置，留出小方孔，外面裹上树棕，让沙层的水透过树棕进入木管。井管下好，还要在井管与泥壁之间的间隙里灌满碎砖屑，既支撑泥壁又可透水。

木架子打出的机井，一般可供二到三寸的离心水泵提水浇地，且水质清洌、甘甜。这在只使用过辘轳、水车等提水工具的人们看来，已经是很了不起的事情了。从此旱地就变成了水浇地，并且，在地里劳作休息时，人们可以成群结伙来到机井旁，俯下身子，把嘴巴伸进水里，尽情痛饮一番，比村里的砖井水好喝多了。

打机井的人分三班连续作业，每班十个人，每人每天挣十二个工分，风雨天都有；到急等着用井的时节，还会成立专门的伙房，这些人可以敞开肚皮免费吃饭，尤其是这活新鲜刺激，还可以学到技术。因此，村里的小伙子们大为羡慕。

种　蒜

　　此地有农谚:"惊蛰地化通",意思是说在惊蛰前后,封冻的耕地就能开化解冻;又曰:"顶凌种蒜",是说种蒜的最佳时机是耕地将化通未化通尚有一丝冰凌之际。每年种植最早的作物就是大蒜,有立春早的年份,不出正月就要开始种蒜,那时连越冬的小麦都尚未返青,田野里还是一片光秃秃的。

　　此地种植大蒜面积不大,但家家都要在菜园里种一畦两畦,主要供自家食用,刨下之后,每一百头编成一鞭,挂在棚子里的墙上,可以吃上一年。到了种新蒜的季节,如果大蒜还多,就留下一两鞭,够吃到新蒜下来即可,剩余的大蒜就背到呈委集卖了,买蒜人多是上年种蒜少了，买回去作种，一年之中，往往这个季节的大蒜价格最高。此地早年多是种白皮蒜，蒜瓣多且小，剥皮极费功夫，辣味也不足；到20世纪70年代以后，多改种紫皮大蒜，此蒜极辣，标准的蒜头是六瓣，因此也叫"六大瓣"。直到如今，市场上出售的大蒜仍是紫皮，但已不止六瓣。

种蒜的准备工作有两项，一是备种，二是整地。备种多是由妇女、老人负责，是把作种的大蒜瓣成瓣，剥去皮，工作不复杂也不累，但因需要剥皮的大蒜数量多，占用时间长，也是一件不大不小的事情。

整地多是由男人做，先翻地，把上年收获了白菜的菜畦，用小车推来粗粪，撒上作底肥，再用铁锨翻过。自留园、自留地的翻耕都是靠人工用铁锨翻，没有牲口可用，更没有拖拉机可用。当地人把用铁锨翻地称作"掘地"，是重体力劳动，操作时要弯腰，双手持锨把，脚用力踩锨头一侧，把铁锨头垂直插入地里，然后用膝盖顶住锨把作支点，双手用力把一锨土翻起来，一锨挨一锨地翻。有人算过，一平方米的地大体要掘四十锨，翻一亩地就要掘两万六千多锨。好在菜园子面积不大，一家也就几分地，但秋天种麦子，每家一两亩自留地都必须这样一锨一锨地翻过。劳作半日，看看前边翻过地的才一小片，身后大片的地还等着翻呢，没有几分毅力还真坚持不下来。掘一天地下来，腰酸背痛，睡觉翻身都难。

把种菜的园地翻过，用铁耙平整，打碎坷垃，之后叠出畦埂，还要事先作出规划，哪畦种蒜，哪畦种西葫芦，哪畦种北瓜，如此等等。蒜畦一般要靠着北瓜畦，等大蒜收获后，北瓜开始在大蒜畦爬蔓，以充分利用土地；一般在畦埂上也要种上大蒜，这并不影响畦里其他蔬菜的生长，从利用土地的角度说，这可以叫"白拣"。

种蒜时，一般家里的几个劳力都要参加，村边的菜园里密密地站满了人，远远看去，很是热闹。在没有机井之前，要先在蒜畦开沟，用水桶从园里的砖井挑水，浇在沟里；等水渗下，把剥了皮的蒜瓣根朝下按在沟里，一条沟按两行，株距、行距都控制在七寸左右，之后覆土。后来有了机井，是把蒜瓣栽在干土里，然后畦里浇水，过一两天，上面再盖上一层粗粪以保湿。种蒜必须浇水,目的是等土干后把蒜瓣固定住;因为蒜瓣出芽的同时,下面要生根,蒜根极粗壮密集,很容易把蒜瓣顶出土来。

大蒜出苗后不需要特殊管理,可用二齿小镐松松土,干旱了需要浇水,一般整个生长期浇两三次水即可。到麦收过后的夏至节,大蒜就成熟了,蒜秧开始发黄,必须马上刨下来,否则蒜秧干了,蒜瓣就散在了地里,再也收不起来了。

腌蒜就饭,也就凑合过去了。农家食用大蒜最多的季节是夏天,几乎天天吃凉面条,没有多少油水,只凭大蒜和醋提味。过年煮一大锅猪肉,一家人放开肚皮吃,同时嚼上两瓣生蒜,增香去腻,也极是对味。

逮　鱼

1966 年以前，村南的小白河里还有水，水极清澈，流得很缓，最深处不过齐腰，一般处也就没膝；到了冬季，河面上结厚厚的一层冰。河里有鱼，夏、秋季节，人们蹲在水边，吐一口唾沫在水面，马上就有一群小白条鱼游过来争抢，岸上的人影略一晃动，鱼儿又马上散得无影无踪。

夏天的小河是男孩子们的乐园，中午放学，一放下书包，便飞跑到河边，脱掉身上仅有的小裤衩，纵身跳进河水，尽情玩耍。耍够了，年岁大些的孩子便开始摸鱼。弯着腰，下巴紧贴着水面，两只胳膊张开，手心轻贴水底，慢慢向中间聚拢，聚到一处，再分开，再聚拢，脚下逐渐前移。靠近岸边的水草下面，往往是鱼儿藏匿的地方。突然，感觉手下有小东西蠕动，猛然按住，欢叫一声拿出水面，手中或是一条小鲫瓜，或是小白条，用细柳条串上，叼在嘴里，弯下腰继续摸。那小鱼还在柳条上不断地挣扎，偶尔鱼尾会扇在人的脸上，却是难得的享受。用柳条串鱼，事先把柳条的皮、叶从一端捋下一截，不捋到头，留作一个疙瘩，以便托住串上的鱼；串鱼要从鳃里穿入，从嘴里穿出，摸到一条，串上一条，多了便成一串。有兄弟几个一起摸鱼的，最小的弟弟则拿柳条跟在后面，哪个哥哥摸到了，趟过去，把柳条递给哥哥，等把鱼串好，再接过来提着。

直到太阳偏了，村里传来娘的呼唤，孩子们才上岸，穿衣回家。娘会把小鱼洗净，个大些的还要去掉肠肚，放盐腌上，等下顿饭时，柴火锅里放油，把小鱼煎了，用薄薄的高粱面饼卷上一两条，全家每人吃上一块；油热鱼鲜，刚出锅的煎小鱼，外焦里嫩，嚼在嘴里脆香无比。就是那煎鱼的香味，也会飘到街上，行人不由得要抽动几下鼻孔。

比摸鱼略"专业"一些的是用叉网叉鱼。叉网结构极简单，用两根四尺长木棍，顶端钻孔以铁轴穿在一块；两根木棍可开合，中间绑上扇形的棉线网，网与轴之间，有一横棍作支杆。使用时，把两根木棍展成九十度角，使网充分张开，用支杆固定住；一手攥在轴的上方，另一只手握住支杆，让网的前端抵住水底，后端露出水面，慢慢前行。待发现有鱼在网里跃动，猛然端出水面，出水的鱼儿在网里一蹦老高，把鱼抓住，扔到岸上，一般岸上有专人跟着拣鱼。

使用叉网逮鱼的一般是年岁大些的孩子，甚至有成年人。运气好的话，一个中午，能收获一二斤杂鱼，偶尔还能逮住条半斤以上的鲤鱼，这便是意外之喜了。有一年的夏天，竟有人逮住了一条十七斤五两重的大鲤鱼（旧秤一斤是十六两），这是十几年时间里绝无仅有的一次。据说，是用叉网扣住的，水浅鱼大，鱼在水中露出半截脊背，那人看见，轻轻过去，用叉网猛然扣上；随后整个身子扑在鱼上，双手抠住鱼鳃，连鱼带网一起抱上岸来，那鱼到了岸上还跳跃不止，人却躺在一旁，累得动不了了。

手段最绝、收获最大的是"淘鱼"；即把水淘尽再抓鱼。先在小河里筑两条泥埂，截出数丈长的一段，一侧还要筑起一条导流渠，让上游的河水流下去，这才不至于把上端的泥埂憋开。然后用脸盆舀起截住的河水，一盆一盆淘到下游河段。水少了，紧贴下端的泥埂，挖一小坑，让水流进坑里再淘，坑外还要用铁丝筛子截住，防止鱼游进坑里。直到水尽，大大小小的鲫瓜、白条、鲤鱼、鲇鱼，纷纷挣扎跳跃，或躺在泥上张口喘气，这是淘鱼人最高兴的时刻，提桶拿盆，大呼小叫地下手抓鱼。有人说，这水尽抓鱼时比吃鱼还过瘾。

　　淘鱼要三四个人搭伙，人少了弄不成。曾有人淘到天晚，坑内的水还没有淘尽，只得放弃；那泥埂坚持不到第二天，夜间便会被水流冲垮。也有这边正在忙活，不留意上端的泥埂突然冲垮了，前功尽弃。因此淘鱼人要轮换淘水，还要专人看护泥埂，一刻不敢松懈。也因此，淘鱼被列为"四大累"之一。（当地流行俗语四大累得慌："拔麦子、扣坯，刨棒子、淘鱼"。）

　　几个人忙活一天，一般会收获七八斤鱼，运气好甚至能收获十几斤。

　　扔旋网捕鱼技术要求极高，要扔得远，撒得圆，还要根据地势、水流，选择撒网的处所，因此一般人不会使用。村里只有三五个男人精于此道，且都是些游手好闲的主儿。他们不大到小河里扔网，据说是因为小河里水草多，不方便作业，其实是不屑这小打小闹。听说哪个地方出了鱼，便带上渔网等器具，或是到南边十几里远的滹沱河，或是到北边二十里外的潴龙河，甚至出去一百里到白洋淀，一连出去几天、十几天，捕了鱼就地卖给小贩，并不带回家来。据他们回来讲，在河边煮鱼吃极有特色：就地架锅，锅里加河水，把刚网上来的大鲤鱼撒在锅里，鱼在锅里游着，就盖上锅烧火，听那鱼在锅里折腾，直到无声息。最后煮熟，加盐，吃鱼喝汤，鲜美无比。此种做法，名曰"河（huó）水煮活鱼"。只是一般人没有机会享受此美味。

养　鸡

一

这一带几乎家家养鸡，或三五只或十几只。

鸡窝一般垒在院子里的向阳背风处，用旧砖头砌成，四尺见方大小。窝门宽、高都是一块砖长度，鸡入窝以后，四块砖正好堵住窝门。鸡窝里一尺来高处砌着几根木棍，炉箅子一般，鸡入窝后，就栖息在这木棍上。

每天早晨，主妇起床，端出尿盆泼进猪圈，尿盆顺手放在鸡窝旁，抽开堵鸡窝的砖块，把鸡放出来。倒尿盆、撒鸡，这是早晨起来第一件必修的功课；晚上临睡前，堵了鸡窝、拿了尿盆，一天的活计才算最后结束。

鸡出窝后，就在大街上、附近人家的院子里自由觅食。要下蛋了，自动跑回家，卧进专门下蛋的小窝里。下蛋的窝一般搭在窗台上，刚刚能容下一只母鸡。窝里铺了干草，放着一两个鸡蛋，名曰"引蛋"。那母鸡看见窝里已经有蛋，就会放心大胆地钻进来继续下。有精细人家，打鸡蛋时在一端用筷子戳个小口，把蛋黄、蛋清搅着倒出来，然后把蛋壳里灌满沙土，用纸片糊住小口，放在下蛋的窝里，代替真蛋欺骗母鸡。

有些母鸡在窝里卧了还不放心，一会儿出来转转，看看没异常情况，又卧了回去，反复几次，有时连偷眼旁观的主人也等急了。最后憋不住时，母鸡才弓起身子使劲，脖子上翎毛炸起，冠子憋得通红。终于，鸡蛋下了出来，人和鸡才同时松了口气。母鸡钻出鸡窝，报功一般"嘎嘎嗒！嘎嘎嗒！"叫个没完。慷慨一些的老太太会捏出几粒玉米，将它犒赏一番。

也有那缺心少肺的母鸡，随便找个地方就下蛋，或是柴草堆里，或是别人家的下蛋鸡窝，这叫"丢蛋"。

邻里之间，为母鸡丢蛋引起的纠纷极多。时间长了，哪只母鸡丢蛋，老太太们都会用心记住，早晨撒鸡时堵住它，抱在怀里，把食指伸进鸡屁眼，若是能摸索到一块光滑的硬东西，就是尚未出世的鸡蛋。老太太会专门留意这只鸡，一旦发现它跑出自家院子，赶紧轰回来，直到把这枚蛋下在了自家，才算作罢。

这种散养的母鸡多是传统品种，一年中产蛋只在春秋两季，一般两天或三天下一个蛋，多年的老母鸡，也有四五天下一个蛋的，极少有一天下一个蛋的母鸡。好在散养不需要喂多少饲料，春、夏、秋三季，基本不用特意喂食，每天在鸡食盆里加些刷锅水即可。那鸡群整天刨粪堆、刨土坑找虫子，刨柴草堆找落下的粮食、草籽。住在村口的人家更是得天独厚，庄稼地里，鸡的食物极为丰富。只有到了冬季，尽心的主妇们，才拿些碾米剩的米糠、磨面剩的麸皮，用水拌了喂鸡。

主妇对自家养的鸡如同对孩子一般熟悉，对每只鸡的习性了如指掌，有的还给鸡起了名字，"大黑""芦花""傻黄"等等。有的鸡喜欢偷嘴吃，看屋里没人偷偷溜进来，叼起块馎馎就跑，甚至会从小孩子手里抢馎馎吃；有的鸡仁义、老实，喂食的时候挤不到前边争抢，只能等细心的主人额外照顾。

每到傍晚，上年纪的主妇要在鸡窝前查点，看鸡是否都回家了，若发现少了一、两只，会满街吆喝着寻找。也有痞子偷宰别人家的鸡吃。丢鸡的主妇心疼难忍，会在家门口高声叫骂好几天。

二

每年春季，街上常有卖雏鸡的小贩过来，用自行车驮了一层层的竹篓子。这竹篓子直径有四尺左右，高约八寸，像笼屉一般一层层摞得老高，里面装满了嫩黄的小雏鸡，叽叽喳喳叫成一片。主妇们听见吆喝，纷纷从家里出来，掀开篓子看鸡，跟小贩讨价还价。最后把价格说好了，大家一齐下手挑选小鸡。小公鸡、小母鸡都在一起混着，买小鸡的妇女们谁也分不清哪个是公，哪个是母，乱挑一气。卖雏鸡的小贩大概能看出公母，却在一旁笑着，不肯表态。

小鸡买回家，或十只，或二十只，也要在苇席篓子里喂养。如果买得早，天气还冷，要把鸡篓子放在炕上保温，天气晴好的日子，端出去晒晒太阳。刚买回来的一个多月里，要用水泡透的小米喂养。这时的小鸡最好看，绒球一般滚来滚去，极得孩子们喜欢。趁大人不在，偷偷抓出一只，托在手上玩耍，小鸡的嫩嘴儿啄在手上，又疼又痒。

也有人家自己孵化小鸡。每年春季，总有一些母鸡"扎窝"：不肯下蛋，却整天卧在下蛋的鸡窝里不出来，鸡冠子通红。把它从窝里掏出来，不一会儿，又钻了回去，如此持之以恒地向主人表达它想做母亲的愿望。这时，把它抓到铺了干草的篓子里，干草里放二、三十个鸡蛋，这母鸡就一天二十四个小时卧在篓子里孵蛋。这蛋必须是受精过的，凡养有公鸡的人家的鸡蛋，大体就能用。若家里没有养公鸡，就要拿了自家的鸡蛋，到有公鸡的人家去换。

孵小鸡的母鸡极为尽责，除了每天进食、排泄粪便之外，从不离开孵化篓子，用自己的体温，温暖着不知道是哪个母鸡下出来的蛋。一天里还要几次用爪子翻动鸡蛋，名曰"倒蛋"，为的是鸡蛋受热均匀。现在的自动孵化设备，都设计了这种"倒蛋"功能。整整21天，鸡蛋开始破壳，里面的小鸡用嘴啄开蛋壳，挣扎着钻了出来。刚出壳的小鸡眼睛还闭着，湿湿的绒毛紧贴在身上，用不了半天时间，绒毛干了，眼睛睁开了，就会满地跑了。

自家母鸡孵化出来的小鸡容易喂养。在最初的一个多月里，母鸡一刻不离地领着小鸡觅食、玩耍，哪个小鸡单独跑远了，母鸡扬起脖子，"哏哏"把它唤回来。若有人或动物走近了小鸡，母鸡会炸起翅膀，嘴里"哽哽"地叫着，摆出决斗的架势，直到外来的威胁消除。天还未完全黑下来，母鸡就进了篓子，张开翅膀，让所有的小鸡都钻到它的翅膀下面，在它的庇护下，一窝小鸡安然进入梦乡。

小鸡长到一个多月，开始长出翎毛。小公鸡的翅膀上、尾巴上开始长出漂亮的翎羽，鸡冠子明显大了、红了，每到黎明，开始哑着嗓子学打鸣。长到两个来月，晚上就归入成年鸡的鸡窝。开始几天，还要主人慢慢把它们赶进鸡窝，也有一两只无论如何不肯自行进窝，最后只得把它抓了进去。几天过去，就养成了习惯，每天傍晚，这些幼鸡就会跟成年鸡一样，自动钻进了鸡窝。从此，主人不再单独照料它们，孵化它们的母鸡也完成了历史使命，恢复觅食、下蛋的生活了。

每年中秋节前后，街上就来了收购公鸡的小贩。小贩带有专门罩鸡的网子，与主人谈妥了价格，悄悄走近鸡群，猛一罩，要捉的公鸡就准确地网住了。用细绳绑了双腿，过秤，付钱。一般年头五角钱左右一斤，一只公鸡能卖一块来钱。

每户人家都要留一只雄壮的公鸡，作种鸡兼报晓。那时的村子里，每到黎明，家家响起公鸡悠扬的啼叫，一声声传入夜空，送入人们的梦乡。鸡叫三遍，天差不多就亮了。勤劳的人家，鸡叫过头遍，就穿衣起床，开始了一天的劳作。

车轮子

一

这里说的车轮子，是为了题目简短，而用作各种车辆的代称。从日常使用的车辆，最能看出某地某时期人们的生产、生活水平。

此地最早的人力车，是一种名叫"龟头车"的独轮小车。这个名字以前未见诸文字，只是人们口口相传。车架子前部稍窄，后部略宽，两侧呈弧形，有似乌龟头，因此笔者采用了"龟头"二字。

这种车与后来的手推车最大的区别是车架子重心低，车底与车轴略平，有半幅车轮从车架中间冒出来，在上面做木格笼子罩住，以免所载的人或货物被车轮摩擦。车底也是木格子，没有铺木板。因此装散货就要事先装在口袋里，或在车架子两侧各放一个荆条长筐。载人时，若载两个人，一侧坐一个，但载一个人，则要在另一侧装些重物，以维持平衡。过去的妇女都裹脚，走路不便，小户人家的妇女出门，大都坐这龟头车，由丈夫、儿子或其他人推了。

以前的龟头车都是木轮。木轮直径约三尺，中间是车轴、轮毂，外围是轮瓦，中间以辐条相连，上述零件都是由木头做成。车轴用土种槐木或枣木等硬木，直接安在车厢上，走起路来，发出"吱扭吱扭"的响声。夜晚，经常听到村外的大道上传来这种声音。

车架子后边装两条木腿，把车子放下之后，一轮、两腿三点着地，保持稳定。以后的各种独轮手推车，大都保留了这双腿。

龟头车一般是一个人推着走，也有载重物、走远路时，前面再多一个人拴绳子拉。车把上栓一绳襻，搭在推车人肩上，以减轻两个胳膊的压力。两个车把相距较宽，大概有三尺，因此推车人为保持平衡，两只脚要一左一右，大幅的叉开走，臀部随之一步一摇，肩膀却要保持稳定。从后面看，这种走姿与现在的模特步大相反，却也极具美感。

这种车结构复杂，制作精良，需要手艺高超的木匠才能做出来。因此从 20 世纪 50 年代以后，极少有人家添置新车。但在六十年代以后，车上的木轮逐渐被装了滚珠轴承的胶轮代替。当时有一句口号就叫："实现轴承化。"最初是借用的自行车轮子，再后来就有了手推车专用的轮子。这种车子多是走街串巷的小贩使用，村子里始终只有少数人家拥有。当然，乡亲们若需要，可以借了来用。

龟头车在我国，可能使用历史最悠久、地域最广大。明朝末年，意大利传教士利玛窦等人来中国传教，从镇江前往苏州，乘坐的可能就是这种车辆。据利玛窦的记述，他们乘坐时，"一个人两脚分开跨坐在中间，好像骑在马上那样，另有两人一边坐一个。"这样的木轮小车上坐了人高马大的几个洋人，也真够难为这车及车夫的。

1958 年，运输量大增，一时制作出了大量的简易手推车。两个车把中间是一平板，下面也装木轮；这木轮是用厚木板锯成锅盖状，直径约一尺半；整个车子做工粗糙。这车主要用来给生产队运庄稼、送粪肥。送粪如游行，车上装大筐，筐里装粗肥；后面一个人推，前面一个或两个人拉；车上插红绿小旗，人们脸上还涂了各色颜料，勉强扮成戏剧人物，姑娘们叫作"穆桂英"，老汉们叫作"老黄忠"。几十辆这种手推车排成一长溜，浩浩荡荡，蔚为壮观。有时还要"夜战"，每辆小车前头挂上灯笼；村外的路上一长串灯火，一片"吱扭"声。

这种车子昙花一现，后来再也没有人添置。旧车逐渐塞入灶膛，作了干柴，这种车子也就在世界上消失了。

六十年代中期以后，机井普及，旱地逐渐变成水浇地，但原来的耕地大多高低不平，因此开展了大规模的平整土地运动，又一种胶轮手推车应运而生。这种车安装专用车轮，车轮结构、直径与"二八"自行车车轮相同，只是轮胎、辐条加粗，更能载重；车底上装了左、右、后三块活动挡板，用来装土、粪等散货，

240

到了目的地，只要抬高车把，土、粪自动滑下来；装运大件物品，还可以把挡板卸下来，作平板车用。使用起来甚为轻捷、便利。

最初是每个生产队集体购置了十来辆这种小车，但使用、管理不好，损坏严重，还有丢失，后来便低价处理给了社员家庭；还鼓励社员另外添置，购买车轮给一定量的现金补贴，组织几个半吊子木匠，免费为社员加工车身，由社员自己提供木料。因此差不多每户人家都拥有了一辆，一时成为人们生产、生活中必不可少的运输工具，几乎承担了除畜力大车以外的全部运输任务。只是车身架在车轮上面，重心很高，因此不好把握平衡，初学者短不了路上翻车。

二

有一种双轮人力车的问世，与大规模的水系治理有直接关系。1963 年的大洪水过后，国家提倡要根治海河。此后的十几年里，连续开展了声势浩大的挖河筑堤运动，就连文化大革命那最混乱的几年，这运动也没有停止。工地上为提高土料运输效率，一种双轮人拉小车，逐渐代替了以前的土篮子。

这种小拉车，轮子的大小与小推车相同，是装了滚珠轴承的胶皮轮子；只是由一个轮子增加到两个，中间加了三尺多长的铁轴；车厢由木料做成，有五尺长、三尺来宽，两侧安装两块一尺多高的挡板，后面一块挡板是活动的，装车以前安上，卸车时拿下来；两个车把，也叫车辕子，后端粗，构成车厢的骨架，能承重；前端细，手能握过来，便于驾驶；车把后面的横梁上拴绳套子，用来套在肩膀上拉。

驾驶这小车，要站在两个车辕中间，两手握住车把，掌握平衡、控制方向；肩膀上套了绳子，便于用力向前拉。拉车时身体要向前扑，脚往后蹬；车越重，前扑得越厉害，遇到上坡或路面松软，要使出浑身的力气，身体几乎扑到地面。载货不重、路面平坦时，则很轻松：两个轮子着地，不必担心翻车，把车装的重心略偏后一些，两手按住车把，还能减轻一些自己身体的重力；遇到下坡，靠车的惯性，推着人一路小跑，脚尖着地，身体甚至能瞬时腾空，极为惬意。

各生产队都按上级要求添置了几辆这种小拉车。轮子从供销社购买，车厢是生产队自己用木料制作。每年秋季过后，根据任务，派出一辆或两辆小车，每车两个小伙子，去几十里以外的挖河筑堤工地。小车上装满搭建工棚的木棍、草苫、苇席，还有被褥、铁锨、粮食等物件。在路上一个人拉车，另一个人高高地坐在上面；走十几里，拉车的与坐车的互换一下角色，继续走。

小伙子们大都愿意参加挖河筑堤的工程。出去后，每人每天给记 12 分工，风雨天都记，比在家挣得多；在工地上的小米干饭、白面卷子可以敞口吃，家里可以省下一个人的口粮。但工地的活也累，两个人拉着满满一车土，还总是走上坡路，只有空车时才下坡，一天要工作八个小时以上。前两三天，人们都累得难受，早晨都从草铺上爬不起来；但几天过去，也就适应了。多数工程，都是吃住在野外，远离村庄，工地上是清一色的男人。每逢附近路上有女人走过，有民工远远看见，情不自禁地高声大吼，一时间，数人起，万人和；这成千上万男人的吼声，形成无比震撼的冲击波，在冬季的旷野上滚动。

小拉车始于挖河工地，普及于农业生产的需要。生产队后期，为提高效率，秋季的庄稼不再运回村里，都改在地里分配，所有粮食、秸秆的运输，都由社员家庭承担了。最初使用的小推车，效率远不如小拉车高，小拉车装得多，走得平稳，连十几岁的孩子也能拉。尤其是装载庄稼秸秆，比畜力大车少装不了多少。造价也不很高，一百多块钱就能买一辆，比自行车还便宜。因此在20世纪70年代,社员家庭都陆续添置了小拉车，成为当时的主要运载工具。

土地承包之后，农户家里养了牲口，一些个子矮小的毛驴也能套进这小拉车，替代了人力；再后来，有了专门套牲口的小车，车厢改为用铁管、铁皮焊制，尺寸也大了些，车轮子也加粗了，只是比传统的畜力大车要小些，便于出入。再后来，农户有了小四轮拖拉机、三码车；还有用旧汽车底盘改制的翻斗车，装十五马力柴油机作动力，承担了村子里的土方运输工程。人力车便逐渐退出了生活。

三

20世纪60年代初村里就有了自行车。那时的自行车主要是用来驮运货物的，并不是现在的代步工具。结构跟现在的自行车也有不同：首先是轮胎粗、辐条粗，连车轴都粗，车身长，比现在的普通车要长三分之一；其次是异常牢固，现在的车后架是两根立柱，它却有六根，并且都是用实心铁棍制作，前面除了正常的一副车叉之外，又加了两副保险叉。这样的自行车自然就重了许多，力气小的人不容易搬得动它；再者就是脚蹬处的齿轮很小，走同样远的路，现在的自行车如果蹬两圈，它就要蹬上三圈，但也因此蹬得轻盈一些。这种车子都没有牌子，因此不知道是什么厂家生产的，不知缘何而起，此地人管它叫"水管"车。

村子东南角的几户人家，有做小买卖的传统。是他们最早买了这样的自行车，看机会倒腾些粮食、油料等。车憨人壮，极能载重，驮粮食能驮三百多斤。把粮食口袋捆在车上很需要技术，一般是两侧各竖着捆上一口袋，上面再横捆一口袋；装满粮食的口袋，直径大约有一尺二寸，高三尺。若没有人帮忙，要把车子放倒，把一个口袋也放倒在后架一侧，捆结实；然后把车子翻过来，在另一侧也照样捆好口袋，最后把车子立起来，在已经捆好的两个口袋上端再横上一个口袋。

驮了这样重的货物，通常要走几十里或一百多里路。因为搞贩运的人少，各种物资大都存在区位差价，比如玉米，在当地买，两毛钱一斤，运出几十里，就能卖到两毛三或两毛五分钱一斤；一般搞贩运的人还要在粮食里掺些杂质，以增加重量；因此这样跑一趟，能赚到十来块钱。比在生产队挣工分强得多。但也不能每天都倒腾这个，还要在生产队隔三岔五地出工，不然，队长要有意见，乡亲们也不满意，甚至大队干部、下乡工作组还会出面干预。那时跑买卖，在本村有人管，出了门倒少有人干预，因此没有被抓住罚款的危险。

每年夏季，还能倒腾半大猪。社员家庭养猪，有的人家养两三头小猪，等长成半大猪，需要喂饲料多了，卖一两头，剩下的再育成肥猪出售。因此专门有人在街上吆喝着买半大猪。入户买这种猪，不过秤，按个头讲价，运到集上，却改成按斤卖；自家养的猪，不知道有多重，但倒腾猪的人都内行，站在猪圈边上看几眼，大体就能判断猪的重量。因此，倒腾猪赚钱主要靠眼力。买好的猪要先运回家，养两天，等呈委大集，一早起来，把猪捆了，从猪嘴里塞进胶皮管子，往里灌加了盐的稀粥，把猪肚子灌得气球一般。据说猪食里加了盐，猪尿少，重量流失得慢。之后，用自行车驮运到呈委集的猪市卖了。如果运气好，一个猪也能赚到十几块钱。

用自行车驮运半大猪，要在车后架上平行横绑两根木棍，木棍中间结简单绳网，类似小担架；把猪的前、后蹄各用细绳绑了，平放在"担架"上，再用绳子捆住。在路上，猪虽然跑不了，但却如刚出水的鱼，摇头翘尾，怪叫挣扎不已，骑车人稍不留意，就会摔倒。村里有一个从北京回乡的男知青，后来娶了村里的媳妇，就一直没有回城。他看别人倒腾猪赚钱，也借了辆"水管"车，跟人搭伙出去买猪；回家的路上，那猪一直跟他捣蛋，不知摔了多少脚；过路上的一条垄沟，猪趁机乱蹦，连人带车倒在泥水里，弄了个落汤鸡。那时浇地，如果地块跟机井隔着道路，就在路面上用土堆起垄沟，直接跨道取水。因此每到浇地时节，村外的路上有极多正在流水的垄沟。回到家，小伙子放倒车子，拿出菜刀来磨，媳妇问话，也不回应，把刀磨快，上前就把猪头割了下来，从此绝了倒腾猪的念头。

七十年代中期，人们日子稍宽余了，开始买自行车代步。多是在集上买旧车。也有买上海产"飞鸽""永久"牌子新车的。买新车一是花钱多，二是不容易买到。在县城买，要收自行车票，只有极少数在县里有门路的人家才能弄到这车票，也有托北京、天津的亲戚，在那里买了，从邮局托运回来。

买回新车，要在车架子上裹牛皮纸，后架子缠布条，再用清漆涂了，以保护车架子上原来的瓷漆；从供销社买来"麻猴"，绑在前后车轴上，这东西是用两根细铁丝绞在一起，中间绞上红、黄、绿三色的麻丝，粗看像刷瓶子用的麻刷，绑在车轴上成彩色圆环，既好看，还自动清除车轴上的灰尘；还用布做套子，套在车座上，做车兜子绑在车的横梁上。把车从头到尾裹上一层"铠甲"，然后才能使用。

有了自行车，也不能随意使用。只有走较远的路，或出席体面场合，才可以动用。在本村活动，或下地干活，极少有骑车的。有乡亲来借车，是最为难的事，临出门反复叮嘱，直到车子送回来，一颗心才放回肚子里。路上行驶的车子，或驮货物，或再驮一个人；若有人独自骑车，同路的乡邻都会搭便车，甚至有人不打招呼就悄悄从后面坐上去，骑车人感觉异样，回头一看，二人哈哈大笑。

四

双轮畜力大车的历史应该最早，在小拉车没有普及之前，它的作用一直无可替代。最早的大车，用的是木轮，与前面说到的龟头车木轮结构相同，只是尺寸略大，直径约有四尺。

过去的木轮大车，车厢有两种，一种是大户人家专门用来载人的，与眼下的机器轿车用途相同，连名字也一样，名曰"轿车"；机器轿车起源于西方，最初进入国内，国人给它取名字时，是否把祖宗留下的木轮轿车的名字，直接拿来用了呢。木轮轿车的车厢多出半人高，半封闭，拱顶，左右有窗，前后是门，门、窗上吊布帘。这种车在 1947 年本地"土地改革"之后，就很少使用了，现在只有在影视剧中偶尔看到。

另一种车厢，主要是用来拉货物。没有车篷，与现在胶轮大车的车厢相同；最初的胶轮大车，就是用的这种车厢，只是换了下边的轮子而已。种地拉庄稼、送粪主要靠它，出门运货也是它，还可以支上临时简易布篷，作"轿车"载人。合作化以前，村里有脑筋活络的年轻人，用木轮大车，套两三匹骡马，跑一百三十里外的保定府，专门运载客人。只是坐了这种车，走在凹凸不平的土路上，车轮的颠簸，直接传入人体内，五脏六腑随之颤动；如果再跑快一点，那滋味简直无法忍受，因此当年有"坐马车不如坐牛车舒服"的说法。

这种车使用最普遍，拥有量也最大。种地在十亩以上的农户，差不多就要有大车、牲口了；就是种地再少一些的，也会几户人家合伙养头牲口、买辆大车。

合作化以后,这种大车的数量没有增加,到生产队时期,三四十户的生产小队,大多拥有两辆大车。

大车的木轮极窄,约二寸,为防止磨损,轮子外沿包铁铸的轮瓦。车轮走过的土路,会留下深深的辙印。那时的乡村大道上,都有两条平行的车辙,半尺来深,前不见头,后没有尾。大车上道,车轮自然入辙,如同火车行进在铁轨上一般,赶车人因此省心,大车轻易不会走偏。现在的影视历史剧中,木轮大车仿做了当年的模样,但车轮下边的路,却仍是今天的土路,少了这两道最具特色的车辙。

六十年代中期,大车的木轮逐渐换成胶轮,大道上的车辙也就永远消失了。出远门,还可能会走上一截平坦的柏油路。常出门的车把式,经常讲述坐胶轮车走柏油路的感觉——跟坐轿一般。

生产队两辆大车,一辆套骡马,一辆套耕牛。套骡马的大车承担出门、娶亲等体面差使,其余时间也拉庄稼送粪;牛车则专门从事田间运输。骡马大车的车把式是固定的,轻易不会换人,而牛车则没有固定的赶车人。驾驭骡马大车是生产队里最荣耀的差使,车把式大多见过些世面，衣着整齐，头脑活泛，嘴巴灵活。大车一般套两头骡马，一头驾辕，一头拉长套。早晨上工，把式一手扶车辕，一手牵了缰绳，嘴里发出指令："哨！哨！"当地方言，"哨"是后退的意思；那脾气暴躁的骡子，乖乖地掉过屁股，退入车辕里。把式麻利地系好绳套，嘴里一声"嗒！"大车出动；然后纵身一跃，跨坐上车，清脆地甩一声大鞭，骡马脖子上的铜铃一阵脆响，大车远去。众人站在一旁看了，眼热得很。

把式手里的大鞭，犹如军官手里的指挥刀，极神圣，轻易不许别人动。鞭杆由极有弹性的竹竿做成，七尺长，下端粗，上端细，下端装木把，上端系鞭鞘，有似钓鱼的鱼竿；鞭鞘是小手指粗的皮绳，却是上端粗，下端细，最梢头，是一截面条粗细皮条。这鞭子轻易不会抽在骡马身上，只是在它们头上轻轻挥动，传递把式的指令而已。当需要骡马使出力气，或上坡或快跑时，嘴里只要发出"嗒！嗒！"的指令，手里大鞭用力甩一声脆响，那骡马立即精神亢奋，奋力向前。甩响鞭很需要技术，一般人甩不响；要用力把鞭鞘甩出，让鞭鞘与鞭杆成一直线，然后轻轻往回一带，鞭鞘在空中挽一环形，随之"啪"的一声炸响。夜深人静之时，能传出数里远。有闺女出嫁，当送新人的大车进村时，车把式就甩响大鞭，以此通知接亲的人家做好准备。

1980年以后，土地承包到户，生产队解体，这种笨重的大车也就销声匿迹了。

望 MOUNTAIN
登自己的山

主　编｜谭宇墨凡
责任编辑｜谭宇墨凡

营销总监｜张　延
营销编辑｜狄洋意　　许芸茹

版权联络｜rights@chihpub.com.cn
品牌合作｜tanyumofan@chihpub.com.cn

野 SPRING 望
MOUN TAIN

Room 216, 2nd Floor, Building 1, Yard 31,
Guangqu Road, Chaoyang, Beijing, China